COPILUL TUTUROR

Cathy McGough

Stratford Living Publishing

CE SPUN CITITORII...

DE LA NOI:

""Copilul tuturor" de Cathy McGough este un thriller psihologic care te va face să te întrebi până la uimitorul final."

„Wow, cu siguranță nu mă așteptam și nu aș fi putut prezice finalul acestei povești.”

„O poveste bine construită, condusă de intrigă.”

„Au fost atât de multe răsturnări de situație și tocmai când ți-ai dat seama de toate, covorul a fost smuls de sub tine.”

„Am rămas uimită la jumătatea cărții, care m-a făcut să mă gândesc cu adevărat WTH?”

DIN MAREA BRITANIE:

„O poveste scrisă atât de strâns, încât lovește puternic.”

„Am crezut că am rezolvat totul, dar m-am înșelat amarnic.”

„O lectură plăcută, cu câteva răsturnări de situație surprinzătoare pe parcurs.”

DIN CA:

„Am găsit povestea intrigantă și mi-a plăcut să citesc cartea până la sfârșit.”

„Ușor de citit, ritm rapid și are o premisă interesantă.”

DIN IN:

„Un thriller plăcut și bine scris.”

Tabel de conținut

Pentru copii.

POEM: PĂPUȘA DE HÂRTIE

DREPTURI DE AUTOR © 2013 DE CATHY MCGOUGH

Păpușa de hârtie este încurcată în vârtejul vântului
Lipsită de emoții, ea se învârte și se învârte
În jur și în jur, piruete ca de balerină
Amintindu-se de eșecurile și regretele vieții.

Încercând frenetic să scape din ghearele lui
În urechile ei vântul șoptește violuri.
Păpușa de hârtie este sfâșiată din membru în membru
O simplă amintire a ceea ce ar fi putut fi.

Ea nu simte nici o durere pentru că este doar un copil

Ea nu simte nimic.

Ascultaţi strigătul copiilor care se zvârcolesc în visele somnului lor
Protejează-i de vârtejurile vieţii.

Fugiţi, copii fugiţi, Nu mai există lanţuri care să vă lege.
Protejaţi-i de vârtejurile vieţii.

CAPITOLUL 1

BENJAMIN

Benjamin, în vârstă de 17 ani, era un angajat conștiincios. Mai ales de când a renunțat la liceu. De două ori pe zi, șase zile pe săptămână, vizita banca. Dimineața, pentru bani. După-amiaza, pentru a depune încasările zilei. Drumul dus-întors era liniștit: până în această dimineață.

Ceea ce i-a atras atenția, a fost o femeie. Pe tocuri înalte, ieșea în evidență ca un manechin pe o plajă. Etichetele aurii de pe geanta ei și ochelarii de soare reflectau lumina, făcând-o să sară și să se miște ca niște licurici. Peste umărul rochiei negre fără mâneci îi atârna o eșarfă roșie.

Ochii lui Benjamin au urmărit curgerea eșarfei, până când aceasta a ajuns la capătul brațului întins al femeii. De el era atașată o fetiță care se străduia să țină pasul. Brațul copilei, în vârstă de vreo șapte ani, se întindea și el în spate. De el era atașat un lucru: o păpușă gălăgioasă în mărime naturală. El s-a uitat de două ori, pentru că fața păpușii și fața copilului erau copii conforme. Apoi a observat că brațul întins al păpușii se întindea și el în spate - spre nimic și spre nimeni. Picioarele butucănoase și pantofii chestiei au zgâriat trotuarul.

Curios, el a urmărit trio-ul ciudat în timp ce dădeau colțul în drum spre promenada de pe malul lacului Ontario.

Femeia s-a oprit, l-a tras de braț pe discipolul reticent, apoi a accelerat ritmul. Micuța s-a împiedicat la pământ fără să dea drumul la mâna păpușii. S-a repus în picioare doar pentru a primi o palmă peste obraz. O palmă, al cărei sunet îl făcu să se strâmbe în timp ce părea să reverbereze.

Femeia mergea cu pași repezi în timp ce piuitul copilului se transforma într-un țipăt. Ea s-a aplecat pe spate, șoptindu-i la ureche copilului: rezultă lacrimi tăcute.

Punându-și degetul pe apelarea rapidă a numărului 911, el a evaluat situația. Dacă ar fi fost un bărbat în toată firea - i-ar fi spus ce să facă. În schimb, a continuat să-i urmărească. Privindu-i. Făcând pași, întrebându-se ce mare grabă era.

Păpușa care țopăia în spate cu un zâmbet cu dinți i-a dat fiori, așa că a trecut pe cealaltă parte a drumului. A continuat să observe trio-ul ciudat. În special modul în care eșarfa roșie a femeii contrasta cu părul și rochia ei negre ca pana corbului. Părea nelalocul ei, ca și cum ar fi fost în drum spre o ședință foto pentru o revistă, cu doi copii în spate.

Stai un pic. Tipul de păpușă îi părea cunoscut. Șeful său, Abe, comanda uneori păpuși similare prin magazinul său. De obicei, în lunile premergătoare Crăciunului.

Păpușile erau proiectate și expediate din Europa. Fiecare comandă necesita o fotografie a copilului. Aceasta trebuia să reproducă tenul, părul și culoarea ochilor. Detalii precum înălțimea, greutatea și mărimea pantofilor erau înregistrate pe spatele fotografiei.

Atunci a observat de ce fetița se chinuia. În picioare purta sandale strălucitoare, de genul celor cu bandă în jurul gleznei. Ca sandale, erau frumoase, dar nepotrivite pentru mersul rapid. Pentru geamăna ei, sandalele nu erau o problemă, păpușa fiind trasă de-a lungul trotuarului.

În momentul în care au ajuns la prima bancă din parc, femeia se calmase. A râs când a ajutat-o pe cea mică să își scoată rucsacul. Apoi s-a asigurat că aceasta era așezată confortabil înainte de a se ocupa de păpușă. I-a îndoit picioarele și a sprijinit-o într-o poziție așezată.

S-a apropiat, fotografiind malul mării, până când i-a vibrat telefonul. Era Abe, care îl verifica.

„Unde ești?" Abe îi trimisese un mesaj. Abe era șeful și proprietarul lui Benjamin. Abe era un adept al rutinei.

„Lineup, B back ASAP", a scris băiatul.

Răspunsul lui Abe a fost un emoji cu degetul mare în sus.

Femeia a îngenuncheat, astfel încât să fie ochi în ochi cu copilul.

Adolescentul a făcut o fotografie panoramică completă a orizontului lacului Ontario, de la Turnul CN la Burlington.

„Dragă, mi-am uitat portofelul", a mângâiat ea mâna copilului. „Mă întorc imediat, promit".

Copilul a rămas tăcut, jucându-se cu sandalele.

„Te dor picioarele, dragă? Îmi pare rău că a trebuit să ne grăbim. Te poți odihni aici și vei fi bine când mă voi întoarce să te iau. Așteaptă aici, bine?"

Copila a dat din cap și și-a lăsat picioarele în jos. Neputând să atingă pământul, a rămas nemișcată.

„Cât timp sunt plecată, nu te mișca de pe banca asta." S-a uitat în jur. „Și nu vorbi cu nimeni. Ține minte, avem un cuvânt secret. Știi care este? Shh, nu-mi spune. Ți-l amintești, da?"

„Și dacă trebuie", a șoptit copilul, "să fac pipi?"

„Ține-o până mă întorc. Nu va dura mult. Cu cât plec mai repede, cu atât mă voi întoarce mai repede." Ea s-a ridicat și și-a îndreptat spatele.

Cel mic a apucat-o de braț: „Nu mă vei uita, nu-i așa mami? Ca data trecută?"

Femeia a suspinat și a șoptit.

„Scumpo." I-a mângâiat mâna fiicei sale. „Te-am luat de la școală la timp de nouăzeci și nouă de ori și îți amintești mereu de singura dată când am întârziat." Ea a respirat adânc, apoi s-a dat înapoi.

„Îmi pare rău, mami."

Adolescentul stătea pe o bancă din apropiere, derulând fotografiile pe care le făcuse. A ridicat privirea, când femeia s-a întors. Expresia feței ei părea mai copilărească acum, cu bărbia împinsă în față.

„De data asta știu drumul spre casă", a spus fiica ei cu un zâmbet ironic.

Femeia a pufnit, s-a întors și și-a îmbrățișat fiica. „Trebuie să plec acum, scumpo."

„Nu sunt un copil."

„Știu că nu ești. Așteaptă aici, așteaptă-mă. Am să mă întorc. Fă-mi cruce pe inimă." Ea a mimat încrucișarea inimii, apoi a plecat.

„Ne vedem curând, mami", a spus copilul. Și-a încovoiat gâtul, privind cum crește distanța dintre ea și mama ei.

Adolescenta privea cu ochii plini de lacrimi. Până la urmă era o mamă bună, sau mai bună decât credea el că este.

Mama s-a întors și i-a suflat fetiței sale un sărut, apoi a continuat să meargă.

Telefonul lui a vibrat din nou. Abe. Trebuia să ajungă la bancă.

Copila și-a desfăcut ghiozdanul, a scos o carte și a început să citească. Pentru un minut sau două, el a privit-o. Era drăguț cum își mișca buzele pentru a descifra cuvintele.

Și-a verificat ceasul. Mai sigur acum că mama ei se va întoarce așa cum a promis, s-a dus la bancă.

Era singura modalitate de a-l opri pe Abe să vină să-l caute. Dacă Abe ar fi trebuit să iasă din magazin ca să-l caute...

Nu voia să se gândească la asta.

CAPITOLUL 2

JENNIFER WALKER

Când a ajuns la câţiva metri distanţă, Jennifer s-a uitat la fiica ei, care rămăsese pe bancă, conform instrucţiunilor. Nu-i plăcea să o lase singură acolo, dar ce altă soluţie avea după ceea ce făcuse? Şi-a deschis camera telefonului şi i-a făcut o poză fiicei sale. Fotografia o arăta pe fetiţa ei încadrată de cel mai albastru cer şi de apa şi mai albastră a lacului Ontario. Cum fiica ei nu s-a clintit, s-a întors în direcţia din care veniseră.

În timp ce se întorcea, s-a gândit la partenerul ei, Mark Wheeler. Ieşea cu el de ceva vreme, chiar dacă ştia că era deja căsătorit.

În cea mai mare parte, cel puţin atunci când ieşeau în public sau când fiica ei era prin preajmă, el era amabil şi blând.

Dar el avea o altă faţă atunci când erau singuri, cu sexul în meniu. Adevărat, uneori îi plăcea sclavia, chiar şi o mică bătaie erotică. Totuşi, asfixierea erotică ducea lucrurile prea departe. Senzaţia de a intra sub apă, jos, jos, jos. Gâfâind după respirație ca și cum nu ai mai găsi-o niciodată era una care o înspăimânta. Așa că, de data aceasta, a pus piciorul în prag și a refuzat să o facă. Mark a continuat și și-a făcut-o singur în timp ce ea s-a dus să facă un duș. Când ea s-a întors, el era mort. A fost prea speriată ca să-i scoată punga de plastic de pe cap. În schimb, s-a dus în camera fiicei sale și a petrecut noaptea acolo, iar dimineața, la prima oră, au părăsit casa.

Telefonul ei a sunat, era el în sfârșit. „Trebuie să mă ajuți", a spus ea. „Nu mai am la cine să apelez."

„Este Mark?", a întrebat-o prietenul ei, Poncho, care era și șoferul lui Mark.

Ea a plâns. „Da."

„Bine, vin imediat. Sunt la aproximativ 15 minute distanță. Rezistă."

Pentru a-și distrage atenția, i-a venit în minte o amintire cu Katie nou-născută, în timp ce retrăia prima dată când a ținut-o în brațe. Fiica ei era cel mai mic, mai moale și mai frumos îngeraș pe care îl văzuse vreodată. Crescuse atât de repede. Jennifer ura să-și lase fiica singură la malul mării, dar trebuiau să scape de cadavru. Mai ales cu legăturile lui Mark cu comunitatea și cu lumea drogurilor. Chiar dacă le-ar fi spus adevărul, n-ar fi crezut-o niciodată. Tatăl lui Mark avea o grămadă de bani, iar ea nu putea risca să ajungă la închisoare. Ce s-ar fi întâmplat cu copilul ei?

A râs, gândindu-se de câte ori a acuzat-o pe mama ei că face lucruri prostești pentru bărbați care nu meritau. S-a uitat spre cer: „Mamă, îmi pare rău, dar lucrul ăsta pe care l-am făcut ia premiul". Istoria se repeta mereu. Știind asta nu o făcea să se simtă mai bine.

Nu te mai bate, prostuțo, se gândi ea. Se va întoarce după Katie înainte să-și dea seama. În plus, în rucsac, fiica ei avea o carte. Păpușa, pe care o numeau Katie Jr. în timp ce fiica ei încerca să își dea seama cum să o numească, îi dădea fiori. El i-o dăduse. Îi lua o altă păpușă și o arunca pe aia la gunoi.

Aproape de casă, Jennifer a zărit o dubiță albă care aștepta pe alee. Poncho a tras mașina în garaj, apoi ea l-a închis. A intrat pe ușa din față și l-a lăsat pe Poncho să intre, sperând că vecinul ei băgăcios de peste drum era ocupat.

CAPITOLUL 3

KATIE

După ce i-a citit păpușii cartea de două ori, Katie a pus-o deoparte. Se uita la pescăruși cum zburau în sus, apoi în jos atât de repede, împingându-și ciocurile în apă. Uneori se ridicau din nou purtând în cioc un pește mic. Aplauda când se întâmpla asta. De mai multe ori, oamenii care treceau pe acolo s-au oprit să vadă la ce aplaudă și s-au alăturat ei. Katie se simțea mai puțin singură când se întâmpla asta.

„E atât de drăguță", i-a spus un cuplu tânăr. Deoarece erau străini, ea nu a spus nimic, dar a continuat să privească pescărușii.

Timpul trecea, în timp ce soarele cobora puțin câte puțin pe cer și un polițist s-a oprit. „Este totul în regulă?"

„Nu vorbi cu străinii", îi spunea în minte vocea mamei ei. Totuși, era un polițist. Era cineva în care puteai avea încredere în momente dificile. „O aștept pe mămica mea. Se va întoarce într-un minut."

Polițistul trebuie să o fi crezut, pentru că și-a scos pălăria și a plecat.

„Mulțumesc", a spus ea, sperând să o vadă pe mama ei mergând spre ea. A închis ochii și i-a deschis din nou, sperând la un rezultat diferit. Nu a avut noroc.

Katie și-a aplatizat rochia roșie pe față. A ridicat puțin mâneca unde elasticul o ciupea și lăsa un semn. S-a legănat înainte și înapoi. Simpla mișcare a făcut ca partea de gleznă a sandalelor ei să se strângă, așa că a încetat să-și mai miște picioarele.

Noaptea trecută, Mark și mami o băgaseră în pat. Apoi a auzit zgomote. Când erau puternice - țipau - era înfricoșător, dar nu suficient de înfricoșător încât să o împiedice să adoarmă.

Mămica ei spunea mereu: „Katie, ai putea dormi în timpul unei tornade". Asta o făcea să râdă.

Când au plecat de acasă în această dimineață, mami a spus că Mark dormea. De aceea trebuiau să se îmbrace și să iasă din casă în grabă.

Când perdelele s-au mutat peste stradă, Katie a spus: „Se uită din nou, mami".

„Nu-ți face griji pentru liliacul ăla bătrân și băgăcios", a spus mama ei, trăgându-și fiica cu ea, păpușa venind din urmă.

Mark nu era tatăl adevărat al lui Katie, dar venea des pe la noi. Uneori îi cumpăra lucruri, cum ar fi păpușa ei. Când era prin preajmă, mama ei era fericită, la început. Apoi el pleca, iar mama ei spunea că nu se va mai întoarce niciodată. Dar el se întorcea mereu.

Fetița trăia într-o continuă stare de confuzie. Bărbații veneau și plecau. Totuși, iubea păpușa care îi era geamănă.

Problema era cum să o numească. Nu-i putea spune Katie Doi pentru că gemenii nu au același prenume. Chiar dacă o avea de ceva vreme, păpușa rămăsese tot fără nume.

De cele mai multe ori, copilului nu-i lipsea să aibă un tată. Copiilor nu le lipsește adesea ceva ce nu au avut niciodată. Până când societatea nu le reamintește - cum ar fi o masă de Ziua Tatălui la școală.

„Vrei să fii tăticul meu, la școală, pentru prânzul de Ziua Tatălui?" l-a întrebat Katie pe Mark.

„Mi-ar face plăcere, dragă", a răspuns el.

„Dar Mark este un om ocupat", a spus mama ei.

Când a sosit Ziua Tatălui, Katie a fost singurul copil de acolo care nu avea pe nimeni. Alți copii fără tată, au adus bunici, frați sau unchi. Katie, care nu avea nici unul dintre aceștia, a fost și mai tulburată.

Când Katie a izbucnit în lacrimi la masă, mama ei a sunat-o pe directoare. Ea a cerut ca școala să interzică cu totul evenimentele de Ziua Tatălui.

Katie nu a vrut să se anuleze pentru toată lumea. Tot ce dorea era incluziune. Dacă Mark ar fi fost acolo, totul ar fi fost bine pentru toată lumea.

Un pescăruș a plonjat în apropiere. Pasărea a făcut caca în mijlocul pânzei, lăsând în urmă un suvenir. S-a împrăștiat pe rochiile copilului și ale păpușii. Katie și-a șters mai întâi lacrimile din ochi. Apoi a făcut la fel și cu păpușa.

Își dorea ca mama ei să se întoarcă repede.

CAPITOLUL 4

BENJAMIN

După-amiaza târziu, Benjamin se îndrepta spre bancă. Aruncă o privire în direcția malului mării: copilul era încă acolo! Avusese dreptate în presimțirea sa inițială - mama ei era un părinte rușinos. Să lași o fetiță singură toată ziua la malul mării era abandon.

S-a grăbit să ajungă la bancă. Trebuia să scape de încasările zilei înainte de închiderea băncii. În loc să riște să aștepte, a depus banii în bancomat, apoi s-a întors să vadă ce face fetița.

Abe îi trimisese deja de două ori un mesaj întrebându-l *unde ești?*

La început, i se păruse interesant să-l introducă pe Abe în tehnologie, dar acum, era o pacoste. Nu că Abe nu ar avea încredere în Benjamin. De fapt, bărbatul și soția lui erau tutorii legali ai lui Benjamin. Deși Abe lucra în domeniul oamenilor, vânzând bunuri publicului, el nu era o persoană sociabilă.

„Am nevoie de 2 t/c de ceva[pentru început]", a răspuns adolescentul.

„Okie, dokie", a răspuns Abe. „Trebuie să o chem pe soție din bucătărie să mă ajute!"

El a chicotit înainte de a trimite un emoji corespunzător, în timp ce se întorcea să vadă ce face fetița.

CAPITOLUL 5

KATIE

Katie a rămas pe banca din parc. La orizont putea vedea cum soarele apunea. Se făcuse târziu. Mama ei o uitase - din nou. Copila a trebuit să urineze și s-a gândit să meargă pe jos până acasă. Știa drumul, dar nu avea o cheie. Își dorea să fi purtat pantofii de alergare, sau sandale mai puțin strâmbe.

Nu voia să fie afară când se întuneca. Chiar și acum își imagina umbrele care se formau în jurul ei, create de reflexiile norilor. Când o cioară a cântat, ea a sărit și a tremurat. O gărgăriță s-a târât pe piciorul ei, pe rochie. A ridicat-o până la deget și a lăsat-o să urce pe braț, până când a lăsat o dungă galbenă în timp ce mergea.

„E în regulă", i-a șoptit insectei, «toată lumea face pipi». A așezat frumoasa insectă roșie pe bancă și a zburat.

Stomacul îi zvâcni și ea scotoci în geantă și scoase un mini-Kit-Kat topit. Avea un gust atât de bun, dar își dorea să nu fie un mini-Kat și spera că mama ei se va întoarce curând.

Copila s-a prefăcut că hrănește păpușa, apoi s-a întors la lectură.

Citise cartea de atâtea ori, încât mintea îi alunecase înapoi la începutul zilei, când mama ei îi spusese că astăzi nu va merge la școală.

„De ce?", a întrebat ea. „Vreau să merg la școală."

„Astăzi vom merge la malul mării. Vom privi păsările, vom asculta valurile și, mai târziu, vom merge la cafenea să luăm chinos pentru copii."

„Nu mai sunt un bebeluș", a protestat Katie.

„Știu că nu mai ești, dar nu-ți mai place Baby Chinos?"

Fetița și-a împins bărbia în afară, gândindu-se la Baby Chinos. Acum era fată mare, iar când mămica ei venea să o ia, comanda în schimb un milkshake extra-large de căpșuni.

„Va fi atât de distractiv!", îi răsuna în urechi vocea mamei ei.

„Atât de distractiv", a repetat copila. Apoi mintea ei a rătăcit: „Pot să o aduc?" a întrebat Katie. Aceasta se referea la păpușa ei.

„Da, poți, atâta timp cât o duci cu tine tot drumul până acolo și tot drumul înapoi. Și nu uita, vei avea și rucsacul tău pe tine."

„Bine, mami, așa voi face." Katie și-a trecut brațele prin curelele rucsacului și și-a înfășurat brațele în jurul taliei păpușii.

Deasupra ei, un grup de gâște canadiene în formă de V își croiau drum pe cer. A observat că soarele mai apusese puțin. A tremurat și a luat mâna păpușii în a ei în timp ce se apropiau pași. Acestea aparțineau unei persoane care, când a văzut-o, și-a dat seama că nu era băiat sau bărbat - era undeva la mijloc.

Și-a strâns brațele în jurul ei. În timp ce soarele cobora și mai mult, și-ar fi dorit să aibă un pulover sau o haină. A observat că băiatul/omul nu purta nici una, nici alta. Tricoul său negru avea o piatră pe față, iar sub ea cuvintele ZOOM! îi amintea de serialul de televiziune cu același nume. Băiatul/omul avea un bronz auriu pe față și pe brațe. Purta blugi negri și alergători.

Întunericul se apropia și ea își dorea ca mama ei să se întoarcă și să o ia din nou acasă. Până atunci, își dorea ca băiatul/omul să îi spună ceva, orice.

Chiar dacă nu ar fi trebuit să vorbească cu străinii, sunetul vocii altcuiva când se simțea așa ar fi liniștit-o. Deși, mai mult ca sigur, băiatului/omului i se spusese același lucru - să nu vorbească cu străinii.

Alt lucru era că, dacă ar fi vorbit cu ea, probabil că ar fi plâns. Nu voia ca el să creadă că e un copil, pentru că dacă ar fi făcut-o, ar fi chemat un polițist și ar fi aflat că nu era prima dată când mama ei uita să o ia.

Și-a luat cartea și a folosit-o pe post de zid, astfel încât băiatul/omul să nu-i vadă lacrimile care îi cădeau.

CAPITOLUL 6

BENJAMIN

A trecut pe lângă ea, să vadă dacă îi vorbeşte, ea nu a spus niciun cuvânt, dar părea atât de tristă, apoi s-a ascuns după cartea ei. El a continuat să meargă, apoi s-a ascuns în tufişurile din spatele ei, ca să o poată supraveghea fără ca ea să ştie.

Odată, îşi amintea el, când el şi ceilalţi copii se jucau afară, a trecut un bărbat. Acesta s-a oprit şi a vorbit cu una dintre fete, apoi s-a întors cu maşina sa şi a încercat să o convingă să intre. Benjamin a fugit şi le-a spus părinţilor adoptivi ce s-a întâmplat. A memorat chiar şi numărul de înmatriculare, ceea ce le-a permis să raporteze cazul la poliţie.

A fost una dintre puţinele dăţi când l-au ascultat, iar lui şi celorlalţi copii li s-a interzis să se joace în curtea din faţă.

Fetiţa era într-o situaţie groaznică şi în curând avea să se înrăutăţească, când se întunecase complet. Da, era un felinar lângă bancă, dar asta o făcea şi mai vulnerabilă. Era la fel de vizibilă ca un far în timpul unei furtuni.

Își frecă mâna de tufişul cu frunze veşnic verzi. Mirosul dulce al Crăciunului îi trezea amintiri din vremurile trecute. Ca primul Crăciun în casa lui Abe şi El. Îi dăduseră mai multe cadouri decât primise el în toate Crăciunurile lui adunate.

Îşi scutură capul, întrebându-se dacă ar trebui să sune la poliţie? Nu, va mai aştepta puţin. Voia să se înşele. Voia ca mama ei să se întoarcă şi să o ia. A decis să-i mai acorde puţin timp.

A despărţit crengile, acele lor zgârieturi îl făceau să se mănânce.

Mama şi tatăl lui Benjamin nu l-ar fi lăsat niciodată singur aşa. Nu intenţionat. Au murit când el era mic, l-au făcut orfan - fără să fie vina lor. Se întâmplau accidente, da, el ştia despre accidente. Un accident ar explica totul.

Fetiţei îi era frig şi tremura pe măsură ce soarele cobora tot mai jos la orizont.

Neavând nicio haină pe care să i-o ofere, tot ce avea el de oferit era o faţă prietenoasă, dar mai întâi trebuia să se gândească la un plan A. Şi când avea acest plan bine înfipt în minte, avea nevoie de un plan B.

S-a ghemuit în spatele tufişurilor ca să se gândească.

CAPITOLUL 7

KATIE

Whoosh, whoosh, a auzit cum vântul gâdila copacii în timp ce ziua se transforma în noapte. A auzit zgomote în spatele ei, dar i-a fost teamă să se întoarcă. În schimb, a apucat cealaltă mână a păpușii și le-a ținut pe amândouă la pieptul ei.

Și-a amintit de un moment în care mama ei a decis să îi dea o lecție. Se aflau în sala de cinema. Ea a spus că va mai cumpăra popcorn.

„Nu vorbi cu nimeni și nu te întoarce".

„Bine, mami."

Din rândul din spate, ceea ce Katie nu știa era că mama ei o privea. Ea și un alt bărbat, nu Mark, au așteptat până când ea s-a întors.

„Ha!", a certat-o mama ei.

„Ah, las-o în pace", a spus partenerul mamei ei când Katie a izbucnit în lacrimi.

Mai târziu, el a părăsit teatrul și au fost nevoite să ia un taxi până acasă.

Mama lui Katie a promis că nu va mai juca niciodată acest joc. Ea și-a înfășurat brațele în jurul ei.

CAPITOLUL 8

BENJAMIN

După ce a pus la punct în minte planurile A și B, s-a gândit la ce va spune. „Totul va fi bine", și-a șoptit el. Nu, suna banal. „O să te duc într-un loc sigur", a șoptit el, ar fi speriat-o? La urma urmei, el era un străin. Era o situație delicată, iar el nu voia să spună ceva greșit.

În același timp, trebuia să se gândească și la propria lui siguranță. Era un adolescent, ieșise târziu, într-un parc public. Supraveghea o fetiță, asigurându-se că nu i se va întâmpla nimic rău. Pentru alții, prezența lui ar putea fi interpretată greșit.

Ca să nu mai spun că băieții singuri în spații publice puteau intra în tot felul de situații. Mai ales dacă haite de băieți care voiau să sară pe el sau să provoace o bătaie.

Odată, cu mult timp în urmă, fusese urmărit neîncetat de o astfel de gloată - scăpând doar pentru că alergase mai repede. Numai gândul la asta îi trezea toate spaimele. Și-a înfășurat brațele în jurul lui.

A stabilit o limită de timp. „Dacă nu vine nimeni să o ia în treizeci de minute", a șoptit el, «atunci voi vorbi cu ea».

Când cele treizeci de minute au trecut, și-a revizuit planurile. Planul A, se va oferi să o ajute, conducând-o acasă. Planul B, dacă ea nu-și știa adresa, se va oferi să o ducă la secția de poliție. Oricum ar fi, nu pleca de pe malul mării până când acest biet copil abandonat nu era undeva, în siguranță.

CAPITOLUL 9

KATIE

S-a așezat dreaptă, alertată de pași în depărtare. Tocuri înalte. Inima i se umflă. Mama ei se întorcea să o ia în sfârșit!

A ridicat păpușa și s-a uitat la stâlpul de lumină de deasupra ei. Și-a imaginat că lumina curgea în jos și o încălzea. Își dorea să se fi gândit la asta înainte, pentru că nu-i mai era frig. Imaginația era un lucru magic; întotdeauna te puteai gândi că lucrurile rele dispar.

Își amintea de celelalte momente când mama ei o părăsise. Odată fusese singurul copil rămas la școală la sfârșitul zilei. Unul dintre profesori a observat-o și a dus-o la director, ca și cum ea însăși ar fi făcut ceva rău. Nu făcuse nimic.

Mai târziu, când mama ei a venit să o ia, directorul s-a supărat.

Cu alte ocazii, mama ei o lăsase pentru perioade lungi de timp cu persoane pe care le cunoștea. De data aceasta a fost diferit. Era singură.

Tocurile înalte se apropiau.

CAPITOLUL 10

BENJAMIN ȘI KATIE

Benjamin foșnea în tufișul veșnic verde, observând-o pe fetiță. Pentru el, era ca o surioară, chiar dacă nu se cunoscuseră până atunci. Era înțelept peste vârsta lui. În sistemul de plasament a trebuit să îi protejeze pe alții. O dată sau de două ori, a trebuit să se pună în pericol pentru că nimeni nu-l asculta. Uitându-se la telefon, a respirat adânc. A doua perioadă de treizeci de minute se terminase. Apoi urma să meargă la ea.

Tocurile au pocnit pe trotuar.

A scos capul din tufișuri, îndepărtând o creangă cu mâna. Voia să vadă mult-așteptata reuniune fericită. Această femeie nu era mama. Ea a continuat să meargă.

El a suspinat.

Până când femeia s-a întors și s-a apropiat de fetița de pe bancă. S-a aplecat și i-a șoptit ceva.

„Îmi pare rău, dar nu am voie să vorbesc cu străinii", a spus Katie, înclinându-se înapoi.

Femeia mirosea de parcă ar fi făcut o baie în vinul roșu împuțit pe care mami și Mark îl beau în pahare luxoase. Își folosea degetele pentru a-și astupa nasul.

„Numele meu este Jenny", a spus ea. „Pe tine cum te cheamă?"

Ea nu a vorbit, în schimb a continuat să-și țină nasul pentru a alunga mirosul.

„Ești prea tânără să fii singură aici. Unde sunt părinții tăi?" Femeia s-a uitat în jur și a șoptit: „Haide și spune-mi cum te cheamă, atunci nu vom mai fi străini."

Benjamin nu a putut auzi nimic, până când femeia a spus: „Ridică-te!"

Și într-o clipită, era acolo, ca și cum ar fi fost aruncată o grenadă.

Femeia pe nume Jenny a întins mâna și a încercat să o forțeze pe Katie să o ia, dar ea încă își ținea ferm nasul cu o mână și pe păpușă cu cealaltă.

„Aici erai!", a spus el, fluturându-și degetul arătător spre ea. „Ți-am spus să numeri până la zece și apoi să vii să mă găsești!"

„Eu", a spus ea, «îmi pare rău».

„Tut", a spus femeia pe nume Jenny, în timp ce își scotocea în geantă și își scotea telefonul. L-a pus la ureche, a început să vorbească și a plecat. În întuneric, sunetul pantofilor ei răsunând.

„Te superi dacă aștept aici cu tine?", a întrebat el. Ea a dat din cap și el s-a așezat pe banca de lângă ea. Când nu s-a mai auzit zgomotul pantofilor, el a spus: „PU, acum știu de ce îți țineai nasul!"

„Mirosul este rău, dar gustul este și mai rău."

„Ai gustat vin?", a întrebat el.

„O dată, e un secret. Mami nu știe."

„Secretul tău este în siguranță cu mine", a spus el. „Um, vrei să te conduc acasă?"

„O aștept pe mami. Ar trebui să vină să mă ia în curând." Vocea i-a tremurat și s-a uitat la picioarele ei.

„Pot suna pe cineva să vină să te ia? Chiar pe nimeni?"

„Nu. Mami vine întotdeauna."

„Atunci nu te superi dacă aștept aici cu tine?"

„Cum vrei tu", a spus Katie.

Cei trei s-au așezat împreună pe banca din parc. O fetiță blondă cu o păpușă asemănătoare și o adolescentă brunetă.

„Cum te cheamă?", a întrebat ea. „Numele meu este Katie."

„Eu sunt Benjamin, dar poți să-mi spui Benji, dacă vrei."

„Am văzut odată un film cu un cățeluș pe nume Benji. Arăta neîngrijit, ca tine."

Și-a periat părul cu degetul.

„Oh, nu am vrut să", a spus ea. „Adică, tu nu arăți prea neîngrijit."

El a râs și ea la fel. O vreme au ascultat valurile lovindu-se de stânci și au privit stelele dansând pe cer deasupra lor.

Ea a tremurat.

„Oh, ți-e frig. Aș fi vrut să am o haină să-ți dau.”

„Nu contează, gândul e cel care contează.”

„Ai dreptate, gândul contează. dar contează și acțiunile și intențiile din spatele gândurilor care le-au inspirat. Ceea ce vreau să spun este, urmărirea până la capăt. Înțelegi ce vreau să spun?” Ea a dat din cap.

Au stat împreună în liniște câteva momente înainte ca Benjamin să vorbească din nou.

„Știai că poți gândi opusul a ceea ce simți și să schimbi totul?”

„Știu că imaginația este putere”, a spus ea cu o sprânceană ridicată. „Dar cum?”

„Ah, ești sceptică?”

„Sunt?” a ezitat ea. „Ce sunt eu?”

„Un sceptic este o persoană care nu crede ceea ce a auzit - decât dacă are dovezi. Ai vrea să-ți arăt cum, să schimbi totul?”

Ea a rânjit: „Da, te rog!”

El a început: „Când mi-e frig, cânt în cap un cântec care este opusul faptului de a fi rece...”

„Adică cald?”

El a dat din cap.

„Nu știu niciun cântec cald.”

„Dacă nu știi un cântec cald, inventezi unul ca acesta:

E ridicol de cald azi,

Înghețata mea se topește.

În timp ce soarele strălucește în jos

În timp ce soarele strălucește în jos pe mine.

Ciocolata când se topește.
Are un gust și mai bun
Cu soarele strălucind în jos
Cu soarele strălucind atât de cald".
„Știu melodia, dar are alte cuvinte", a spus ea.
„Ah, ai recunoscut că îi cântam cuvintele mele lui Frère Jacques."
„E foarte inteligent", a spus ea.
„Te simți mai caldă acum?"
Nu mai tremura și pielea de găină de pe brațe îi dispăruse. „Funcționează!"
Au continuat să cânte cântecul împreună, pe melodia lui Frère Jacques. Curând, a cânta despre mâncare, i-a făcut pe amândoi să se simtă flămânzi.
„Știi să fluieri?", a întrebat el.
Ea s-a uitat la picioarele ei. „Nu, dar nu am nevoie să știu cum - nu dacă știu cuvintele."
„Adevărat", a spus el.
S-au întors să se uite la cer. Când ea l-a găsit pe omul din lună, s-a prefăcut că
că rupe o bucată de brânză de pe fața lui. I-a oferit mai întâi o mușcătură lui Benji.
„Aceasta este cea mai bună brânză pe care am gustat-o vreodată."
A mai luat o mușcătură, „Sunt atât de plină", a exclamat ea cu un oftat."
Au tăcut o vreme.
„Cât de departe locuiești?"
„Nu e departe, dar cu sandalele astea în picioare - care ciupesc - așa ar părea. În plus, nu am cheie."

„A, da, văd că gleznele tale par roșii."

„În plus, mămica mi-a spus să nu mă mișc din locul ăsta."

El și-a încrucișat brațele. „Bine, vom aștepta, dar nu este sigur pentru noi, să stăm aici mult mai mult."

„Cum rămâne cu mama și tatăl tău?", a întrebat ea, care acum începea să simtă din nou frigul și cânta cântecul însorit în capul ei.

„Ei sunt în rai."

„Îmi pare rău", a spus ea, bătându-i mâna.

„E în regulă, s-a întâmplat cu ani în urmă." El a tăcut, cântând cântecul însorit în capul lui. „Am o idee. Ai putea veni la mine acasă. Ai putea dormi în pat, iar eu în scaunul mare și confortabil. Ne-am putea întoarce dimineața, să o așteptăm pe mama ta atunci."

„Când se întoarce mama, dacă m-am mișcat un centimetru - va fi supărată."

„Îi voi explica totul. Ea ar vrea să fii într-un loc sigur. Vei fi în siguranță cu mine."

„Oh," a spus ea, aruncând o privire în jur. „E întuneric."

„Da, și când e târziu și întuneric - ei bine, poți fi în locul nepotrivit la momentul nepotrivit. Se pot întâmpla lucruri îngrozitoare."

Și-a încrucișat brațele, acum simțind din nou frig.

„Nu vreau să te sperii, dar cred că ar trebui să te duc acasă. Poate că mămica ta te așteaptă deja acolo."

„Nu prea cred, dar..."

„Merită să încercăm", s-a ridicat el. „Să vedem ce crede păpușa ta." A făcut câțiva pași și s-a aplecat, ca și cum păpușa i-ar fi șoptit la ureche. „Oh, da", a spus el. „Știu, dar cu siguranță mămica prietenului tău ar înțelege. Hmm. Da."

„Ce spune?"

„Și ea vrea să meargă acasă. A fost o zi îngrozitor de lungă." Apoi către păpușă: „Dar picioarele lui Katie o dor foarte tare, ar trebui să te lăsăm aici ca să o pot duce eu acasă."

„Nu o putem lăsa aici. E prietena mea cea mai bună."

„Și este o prietenă bună, ținându-ți companie aici toată ziua."

S-a uitat la telefon, bateria se va termina în curând. Nu putea să o care pe ea și păpușa în spate. Ar trebui să sune la 911 și să ceară poliției să vină să o ia? Să meargă pe jos până la secția de poliție era o opțiune, dar era destul de departe.

„Știi drumul spre casa ta?"

„Cred că da."

„Bine, Katie, așa că îți sugerez planul A."

„Ce este, Planul A?"

„Planul A este să te duc eu acasă, ca să nu trebuiască să mergi pe jos și să te rănești și mai tare la picioare. Dacă mămica ta este acasă, atunci mă întorc și îți aduc păpușa. Sună bine pentru tine?"

„Da, îmi place planul A."

„Acum planul B", a spus el. „Dacă ai un plan A, ar trebui să ai întotdeauna și un plan B."

Ea și-a desfăcut brațele și a dat din cap.

„Planul B, doar dacă mămica ta nu e acasă, ar putea merge într-un fel sau altul."

„Care cale îmi va plăcea cel mai mult?", a întrebat ea, apoi a așteptat ca el să răspundă.

El a reconsiderat opțiunile. Ar trebui să cheme poliția sau să o ia acasă și să se întoarcă dimineață? I-a explicat.

„Oricum ar fi, trebuie să-mi las păpușa aici, nu?"

„Ce-ar fi să o ascundem acolo, în tufișul veșnic verde? Va fi ca și cum te-ar aștepta sub bradul de Crăciun! Apoi, ne putem întoarce dimineața să o luăm. Va mirosi a Crăciun și îți va putea povesti toată aventura ei."

Ea s-a aplecat și păpușa a șoptit ceva. „Bine", a spus ea.

O parte din el spera că mama ei va fi acasă. Cealaltă era îngrijorată să o lase cu o

mamă care nu se deranja să o ia. Auzea vocea lui El în capul lui. „Nu judeca", i-ar fi spus ea. Ca întotdeauna, El - spera el - ar fi avut dreptate.

El era căsătorită cu Abe. Erau tutorii lui legali, proprietarii și angajatorii lui. De când a renunțat la liceu, își petrecea majoritatea timpului cu ei și știa că vor înțelege - și vor dori să îl ajute.

Benjamin și-a coborât brațul și s-a înclinat în fața ei. „Doamna mea, sunteți pregătită să fiți transportată acasă?"

„Am uitat ceva", a spus ea, cu buza bosumflată.

Sprâncenele lui s-au arcuit: „Ce ai uitat?"

„Nu ar trebui să vorbesc cu străinii."

„Da, ei bine, noi nu mai suntem străini. Îmi știi numele și eu îți știu numele, și sunt încântat să îți ofer transportul înapoi la umila ta casă." El a îngenuncheat.

„Ridică-te!" i-a poruncit ea, chicotind, în timp ce stătea pe bancă. Benji s-a întors, iar ea și-a aruncat brațele în jurul gâtului lui și curând au plecat.

„Așteaptă un minut", i-a ordonat ea, arătând spre păpușă.

„Oops", a spus Benji, ridicând păpușa. A ascuns-o sub tufele veșnic verzi.

„Ai dreptate", a spus Katie. „Chiar miroase a Crăciun aici."

„Ești gata de plecare acum?"

După ce ea i-a spus ce era, Benjamin a tastat adresa lui Katie în telefon.

Ea a chicotit. „Te superi dacă îți pun o întrebare?"

„Nu, dă-i drumul."

„E ceva personal, despre mămica și tăticul tău."

„Nu mă deranjează, s-a întâmplat cu mult timp în urmă. Întreabă."

„Mami mereu îmi spune că nu ar trebui să devin prea personal."

„Sunt de acord cu asta."

„Tu, vorbești cu ei?"

A fost surprins. Nimeni nu-i pusese vreodată întrebarea asta. „Nu", a răspuns el.

„Niciodată, niciodată?"

„Nu."

„Întoarce-te din nou aici." S-a întors. „Nu crezi că sunt singuri fără tine?"

„Eu", nu știa cum să răspundă, așa că nu a făcut-o pentru câteva minute. „M-au lăsat, singur. A fost un accident, dar..."

„Nu vorbești cu ei pentru că tu crezi că accidentul a fost din vina lor?" Ea s-a ținut mai strâns, sprijinindu-și capul de umărul lui.

„Nu sunt supărată pe ei. Nu m-au părăsit intenționat, dar da, sunt supărată."

„Pe Dumnezeu?"

„Eram supărată pe toată lumea, apoi i-am întâlnit pe „Julius". Ei m-au primit și mi-au dat un cămin. M-au ajutat să-mi construiesc o nouă viață. Să fac parte din nou dintr-o familie. Mi-au spus chiar că e în regulă să plâng. Ca băiat, nu eram obișnuit să fie în regulă. Ești o fetiță, așa că nu ar trebui să-mi pun problemele pe umerii tăi. Cred că ar trebui să vorbim despre altceva."

Îngerașul nu a spus nimic timp de câteva minute. Dormea profund.

Curând a aflat că avea dreptate în legătură cu distanța. Nu fusese deloc prea departe.

Primul lucru pe care l-a observat imediat a fost că casa ei era în întuneric total. Sperase să vadă măcar lumina de pe verandă aprinsă pentru a-i ura bun venit copilului acasă. În schimb, și acolo era beznă totală și i-a fost greu

să găsească soneria. A sunat de câteva ori, dar, așa cum se aștepta, nu a răspuns nimeni.

A făcut un pas înapoi și s-a uitat peste toate casele din jur, de pe ambele părți ale străzii. Erau și ele cuprinse de întuneric, deși pentru o secundă a crezut că a văzut o perdea mișcându-se la ultimul etaj al casei de peste drum. Neavând de ales, s-a întors pe drumul pe care venise.

Micuța Katie nu era grea, dar avea să devină tot mai grea pe măsură ce trecea timpul, iar pentru a ajunge la el acasă, era încă o plimbare lungă. Totuși, era foarte fericit că nu acceptase să care păpușa cu el. Spera că va fi destul de în siguranță acolo unde era.

Ea a ridicat capul, „Ai observat?"

„Ce?"

„Uneori cortina se mișcă peste stradă. Mami spune că avem un vecin băgăcios."

„Oh, eu nu am observat nimic. Sunt totuși vecini drăguți?"

„Nu știu. Mami îmi spune mereu să nu vorbesc cu străinii."

„Chiar și vecinii tăi?"

„Da, mai ales cu vecinii noștri băgăcioși."

„Bine, Katie, deci cred că am trecut la planul B acum."

Ea a bâzâit. „Planul B."

„Da, doamnă", a spus el, accelerând ritmul. Ea a sforăit pe umărul lui, în timp ce o sirenă a sunat. El a închis ochii când praful și bucățile de hârtie au fost ridicate de vânt. Un câine a lătrat în depărtare.

Ea a ridicat capul când au ajuns la ușa din față a casei Julius. „Suntem aici", a spus el, "Dar shhh, El și

Abe dorm. Apartamentul meu este chiar acolo sus."
A arătat spre scări. Când au ajuns sus, ea a sforăit
zgomotos. El i-a scos sandalele care o ciupeau, apoi a
băgat-o în pat.

Era pe jumătate adormită, „Trebuie să fac pipi", a
spus ea.

El i-a arătat unde este baia, apoi s-a dus în bucătărie
unde le-a pregătit sandvișuri cu brânză prăjite și cacao
caldă.

„Unde ești, Benji?", a întrebat ea când a ieșit din
baie.

„Chiar aici", a spus Benjamin, ducând sandvișurile și
cacaua pe o tavă.

După ce a mâncat, Katie a căscat cel mai mare și mai
larg căscat și s-a așezat să adoarmă. El a învelit-o și a
observat că ea dormea deja adânc.

El și-a scos pantofii și șosetele și a aruncat o pătură
peste el pe scaunul confortabil. Și el a adormit în scurt
timp.

CAPITOLUL 11

BENJAMIN ȘI ABE

Dimineața, când prima rază de lumină și-a făcut loc prin perdele, Benjamin s-a trezit. S-a întins și pentru o clipă a uitat de ce dormea pe scaunul confortabil. Pătura s-a rostogolit de pe el și a căzut pe podea într-un morman. S-a ridicat și, deși era tânăr, corpul îl durea. Va trebui să redenumească scaunul, deoarece nu-l mai considera un scaun confortabil.

Și-a scuturat durerile și apoi ochii i-au căzut pe Katie. I-a șoptit numele, deși ea sforăia. Ca și cum ar fi știut că se gândește la ea, ea a ridicat mâna. El s-a gândit că trebuie să viseze la școală. Ea a mormăit ceva inaudibil, a coborât mâna, s-a întors cu fața la fereastră și a adormit din nou.

Benjamin a lăsat-o să doarmă în continuare, lăsând ușa întredeschisă pentru a o putea auzi dacă se trezea.

În timp ce se îndepărta de ușa ei, s-a întrebat dacă ea era genul de copil - așa cum fusese el - care se sperie când se trezește într-un loc necunoscut. Din moment ce ea spusese că mama ei o lăsa des cu alții, dar se întorcea mereu după ea, el a preferat să fie mai precaut, pentru orice eventualitate.

S-a aranjat în baie, apoi a pus ceainicul la fiert în bucătărie. Avea poftă de o ceașcă de ceai fierbinte și dulce și de niște pâine prăjită cu unt.

În timp ce aștepta, s-a gândit la familii și la modul în care întrebările lui Katie îi treziseră în minte unele probleme nerezolvate.

Părinții lui muriseră, lăsându-l orfan. Și-a dat seama că îi învinovățea că l-au părăsit, chiar dacă nu era vina lor. Cum nu avea alte rude de sânge, a intrat în sistemul de plasament. El

s-a izolat, s-a protejat în acest sistem după ce prima sa experiență fusese într-un cămin abuziv.

După acea experiență, a trecut de la un copil îndurerat la unul îngrozit. Apoi, în loc să-l mute într-un cămin sigur, l-au mutat într-unul și mai rău. Și apoi în altul și altul. El credea că merită ghinionul de atunci, dar acum știa că ar fi trebuit să fie protejat acolo. În schimb, nu avea în cine să aibă încredere și a intrat în modul „luptă sau fugi". Fiind prea mic pentru a lupta pentru el însuși împotriva tuturor adulților și a celorlalți copii din case, a făcut-o pe cea din urmă. Poate că acesta a fost motivul pentru care a simțit nevoia să dea vina pe părinții săi după atâția ani, pentru că trebuia să dea vina pe altcineva în afară de el.

După ce a fugit, l-au prins din urmă și, din nou, l-au dus într-un cămin unde a fost abuzat fizic și psihic. În unele cazuri, a preferat abuzul fizic celui psihologic. Și din nou, a fugit încercând să nu mai aibă încredere în nimeni.

Apoi, pur întâmplător, s-a întâlnit cu El și Abe. Făceau o plimbare de seară, ținându-se de mână. Erau bătrâni, poate de două ori mai în vârstă decât părinții lui. Când și-a deschis inima față de ei, El l-a îmbrățișat. Ea l-a hrănit. Abe a ascultat. El l-a invitat să vină și să doarmă o noapte bună în camera lor liberă. De atunci, nu a mai părăsit casa lor, decât atunci când s-a mutat din camera de oaspeți în propriul său apartament. A fost în ziua în care a împlinit treisprezece ani.

În timp ce își amesteca ceaiul și adăuga zahăr, se gândea la mama lui Katie. Se întorsese? Ar mai fi fost acolo când Katie s-ar fi trezit? El spera că da. Spera că va fi atât de fericită că fiica ei era în siguranță. Atât de fericită și atât de ușurată că n-ar mai fi abandonat-o niciodată. Dar părinții răi erau întotdeauna părinți răi. Leoparzii nu-și schimbau petele.

Și-a imaginat-o pe mama lui Katie găsind păpușa ascunsă în tufișuri. S-ar fi panicat și ar fi sunat la poliție? Amprentele lui ar fi fost peste tot. Totuși, el nu ar fi schimbat nimic, chiar dacă ar fi putut, pentru că tot ce voia să facă era să o ajute.

Ținându-și cana în mână, s-a plimbat. Poate că ar fi trebuit să ducă copilul la secția de poliție. Acum, s-ar putea să se trezească în încurcătură. Chiar și atunci când adolescenții spuneau adevărul, spuneau adevărul - adulții nu îi credeau. Nu și dacă era implicat un alt adult.

A mai luat o înghițitură, când cineva a bătut la ușa apartamentului său. Era domnul Julius, Abe, tutorele, proprietarul și șeful lui. „Vino cu mine, shhh", a spus el în timp ce Abe îl urma pe scări până la apartamentul său. Benjamin i-a arătat lui Abe o frântură din Katie care dormea. Cum ea dăduse păturile jos, el a intrat în vârful picioarelor și le-a pus din nou peste ea. S-au întors în tăcere la bucătărie.

„Cine este ea?" a întrebat Abe.

Benjamin a ezitat, întrebându-se de unde să înceapă. „Numele ei este Katie, iar mama ei nu a luat-o

de la malul mării ieri. Nu am știut ce altceva să fac, așa că am adus-o aici."

Abe i-a spus lui Benjamin că ar fi trebuit să o ducă direct la secția de poliție.

Benjamin a clătinat din cap. „Era prea obosită și speriată." S-a ridicat în picioare, și-a scos din priză telefonul care se reîncărca: „Pot să-i sun acum."

„Stai", a spus Abe. „Hai să ne gândim la asta acum că e aici." Au mai sorbit din ceai în tăcere. „Ai făcut ceea ce trebuia. Sunt mândru de tine."

„Katie și cu mine am vorbit să o ducem la secție aseară. Am decis să așteptăm, să-i mai dăm mamei ei o șansă în dimineața asta. De asemenea, i-am lăsat păpușa acolo. E în mărime naturală, una din importurile de Crăciun pe care le vindeți."

Abe a zâmbit. „Serios? Eu nu mi-o amintesc, dar poate că El își va aminti. Deși, sunt sigur că nu suntem singura afacere care vinde păpuși."

„Adevărat", a spus Benjamin. „Mai vrei ceai?"

Abe a dat din cap, apoi, după un moment de tăcere. „Cred că fiecare părinte merită o a doua șansă, dar dacă nu apare în dimineața asta, atunci sun la poliție."

Benjamin a mai adăugat ceai în ceașca lui Abe. A ezitat, apoi a șoptit. „Dacă mama lui Katie ar fi raportat dispariția ei după ce am adus-o aici, m-ar fi căutat pe mine. M-ar putea chiar aresta dacă m-aș întoarce să iau păpușa."

„Stai puțin", a spus Abe. „Te-a văzut cineva?"

„O femeie, a încercat să o convingă pe Katie să meargă cu ea."

„Și nimeni altcineva?"

„Un ofițer a stat puțin de vorbă cu ea mai devreme în cursul zilei, dar nu s-a mai întors. Nu m-a văzut cu ea."

„N-are sens să-ți faci griji cu privire la ce se poate și ce se poate", a spus Abe. „Nu puteai s-o lași acolo toată noaptea. E neglijență curată, ca să nu mai vorbim de o crimă din partea mamei ei. Dacă ai ignora copilul, atunci ai fi complice." A sorbit. „Deși ai făcut ceea ce trebuia, răpirea acestui copil este, de asemenea, o crimă."

Benjamin a înghițit în sec: „Eu, eu, am adus-o aici, în siguranță."

Abe a bătut pe dosul mâinii adolescentului. „Știu, și tu știi asta, dar va crede poliția povestea ta?"

Benjamin și-a îndepărtat mâna ridicându-se în picioare. A început să pășească. „Când se va trezi, o voi duce direct la locul unde a lăsat-o mama ei. Îi voi explica mamei ei. Ea va înțelege. O voi face să înțeleagă."

Abe s-a ridicat și el. Și-a luat ceașca și a clătit-o. „Asta ar fi curajos. Dar dacă mama neglijentă te va acuza că i-ai luat fiica pentru a se

din probleme? Adică dacă ea ar fi raportat dispariția ei. Te-ai gândit ce s-ar întâmpla, în acest caz?"

Benjamin s-a așezat, și-a pus mâinile de o parte și de alta a capului. „Atunci ce ar trebui să fac?"

„Du-te la malul mării și ia păpușa. Dacă mama este acolo, atunci este excelent să o aduci aici cu tine. Dacă nu, întoarce-te și lasă-mă să mă ocup eu de asta cu sergentul Miller de la secție. Ți-l amintești pe Alex Miller?"

„Da. Mulțumesc, Abe."

„Tu, cine", a strigat El de la parter.

„Vino să vezi", a spus Benjamin, «vino sus». Când ea a ajuns sus, el și-a pus degetul la buze: „Shhh." Ea a dat din cap și au intrat pe vârfuri în camera de oaspeți, unde Katie încă dormea adânc.

„Un copil. Ce naiba?"

„Nu-ți face griji, o s-o pun la curent cu detaliile. Între timp", spuse Abe, "tu du-te la malul mării cât timp copilul doarme. Dacă mama ei nu este acolo, întoarce-te imediat."

Benjamin a încuviințat din cap. „Mulțumesc, Abe și El. Am să fug."

Abe i-a explicat totul soției sale. „Sunt curios să știu dacă mama a mai făcut astfel de lucruri în trecut."

„Asta mă întrebam și eu", a spus El.

Între timp, Benjamin a fugit la malul mării de unde a luat păpușa. Telefonul său a vibrat.

„Vreun semn de la mamă?" i-a trimis Abe un mesaj.

„Nu, dar am păpușa. Mă întorc acum."

Abe i-a trimis un emoji cu degetul mare în sus. El i-a spus lui El: „Niciun semn de la mama copilului și trebuie să mă pregătesc pentru deschiderea magazinului".

„Voi rămâne aici cu ea", a spus El. Ea s-a așezat pe scaun în timp ce Katie dormea în continuare. Ceva mai târziu, El s-a dus să se aranjeze pentru a-și pregăti tura.

CAPITOLUL 12

KATIE ȘI BENJAMIN

Katie și păpușa ei se aflau una lângă alta pe o roată Ferris uriașă, care se învârtea mereu. Când a ajuns sus, s-a oprit, în timp ce picioarele lor atârnau pe margine. Katie și-a fixat strânsoarea în jurul barei. Pentru o secundă, s-a simțit în siguranță și în siguranță. Până când bara s-a dizolvat între vârfurile degetelor ei și mașina a început să se legene. Înapoi și înainte, apoi dintr-o parte în alta. În depărtare, vântul a urlat, apoi un câine a urlat. Păpușa a început să alunece. Ea s-a întins să o apuce, iar căruciorul s-a răsturnat, iar ei au căzut.

Ea a țipat!

Până atunci, Benjamin se întorsese. A fugit în cameră. „Trezește-te, Katie", a spus el. „Ai un vis urât."

După ce și-a dat seama că este în siguranță, Katie și-a aruncat brațele în jurul lui și s-a agățat de el pentru a-și salva viața. Când respirația i s-a încetinit, a bâzâit și a spus: „Mor de foame!"

„Bine că ești invitată la micul dejun cu Abe și El, haide".

Au părăsit apartamentul lui Benjamin și au intrat în casă. În bucătărie, Benjamin a turnat opt ouă într-o oală cu apă clocotită. I-a cerut lui Katie să se ocupe de prăjitorul de pâine, pentru că aveau nevoie de opt felii.

„Îmi plac soldații toast!" a exclamat Katie. Când pâinea a fost prăjită, Benjamin a uns-o cu unt. A tăiat-o în fâșii: dimensiunea perfectă pentru a o înmuia în gălbenușurile de ou lichide.

„La ce visai?" a întrebat Benjamin. „Uneori e mai bine să împărtășești un vis urât. Dacă vrei."

„Eu, eu nu vreau să mă gândesc la asta", a spus Katie așezându-se la masa din bucătărie.

Doamna Julius, El, și-a scos capul în bucătărie. „Bună", a spus ea zâmbind în direcția ei.

Katie și-a împins scaunul înapoi, a alergat la El și și-a aruncat brațele în jurul taliei străinei. S-a îmbrățișat strâns, ca și cum s-ar mai fi întâlnit înainte.

El a bătut-o pe cap îndelung, luptându-se cu lacrimile, apoi a alungat-o la masă.

Benjamin a privit, înțelegând cum se simțea Katie. El, avea genul acela de față, ochii aceia, din care curgeau bunătatea, blândețea. El însuși o îndrăgise imediat și acum Katie făcea la fel.

„Ei bine, ar fi bine să duc asta la magazin ca Abe să poată lua o gustare", a spus El. „Știi cât de mult urăște să lucreze singur în magazin. Sâmbătă este cea mai aglomerată zi a noastră. Acest tratament va fi o surpriză binevenită."

Benjamin a adus ouăle în cupe la masă.

El a închis ușa în urma ei la ieșire.

„E o doamnă drăguță, nu-i așa?"

Katie a radiat atât cu ochii, cât și cu zâmbetul. „Da, ea este prima mea prietenă instantanee".

Benjamin a scuturat din cap. „Prieten instantaneu - asta e ceva nou pentru mine." A atins partea de sus a unuia dintre ouă, care erau încă prea fierbinți pentru a fi desfăcute.

Katie a respirat adânc, apoi a închis ochii. I-a deschis din nou. „Ți-am rănit sentimentele? Pentru că noi doi nu am fost imediat prieteni?"

Benjamin a zâmbit. „Deloc." A spart primul ou. „Doar mă întrebam." A pus puțin unt și sare pe ou, apoi a desfăcut altul și a făcut la fel.

„Nu am cunoscut-o niciodată pe bunica mea. El, semăna cu bunica din mintea mea - de aceea îmi este imediat prietenă."

„Are sens."

El s-a întors și cei trei și-au înmuiat soldații de pâine în ouăle scurse.

„Ești un bucătar cu adevărat excelent", a spus Katie.

El a zâmbit în timp ce ei făceau curat și puneau vasele murdare în mașina de spălat vase. „Hai să ne mișcăm. Nu uita, avem lucruri de făcut."

„Și locuri de văzut", a chicotit ea.

„Mă bucur că ești aici", a spus El.

$$*\,*\,*$$

Benjamin a pieptănat părul lui Katie, care a observat că mirosea a miere și scorțișoară.

„Pun pariu că mami mă caută. Putem să mergem să o căutăm acum la malul mării?"

Cu un zâmbet, Benjamin a ieșit din cameră întrebând: „Nu ai uitat pe cineva?" S-a întors câteva secunde mai târziu, ascunzând ceva la spate. „Voila!", a exclamat el când i-a arătat păpușa lui Katie.

Ea și-a încolăcit brațele în jurul gâtului ei, răcnind și șoptindu-i cât de mult îi lipsea geamănul ei. Benjamin avusese dreptate, păpușa ei mirosea ca dimineața de Crăciun, iar acesta era un lucru bun. Ceea ce nu era atât de bine, era că se simțea un pic udă pe alocuri. A făcut o figură.

„Ah, ai observat că e un pic umedă", a spus Benjamin. „Adu-o aici, lângă gura de aerisire, și va fi ca ploaia în scurt timp."

Împreună au așezat păpușa lângă calorifer, apoi Benjamin, a sugerat. „Cum ți-ar plăcea să înveți să te speli pe dinți cu degetul? Asta până când îți luăm o periuță de dinți?"

Katie a guițat și s-a distrat învățând. După aceea, Benjamin i-a șiret sandalele.

„Mămica ta nu era acolo, la malul mării, când am luat păpușa în dimineața asta."

Buza de jos i-a ieșit. I-a tremurat.

S-a uitat la picioarele lui. „Nu-ți face griji. Domnul Julius, adică Abe, are un prieten care lucrează la secția de poliție."

„Oh, nu", a spus Katie.

„Ce s-a întâmplat?"

„O să afle."

„Ce să afle?"

„Nu-ți pot spune, dar nu vreau ca mami să aibă probleme."

„Nu-ți face griji, prietenul lui Abe este un om de treabă. El va ști cum să te ajute. Între timp, tu și cu mine putem sta cu El astăzi."

Copilul a dat din cap.

„S-ar putea chiar să te lase să o ajuți în magazin, ca o fată mare."

Katie a zâmbit. Pentru moment, problemele ei îi fuseseră distrase.

CAPITOLUL 13

ABE ȘI SGT. MILLER

Abe și-a rugat soția să aibă grijă de magazin și se îndrepta deja pe jos spre prietenul său de la secția de poliție, sergentul Alex Miller. Își reconsiderase planul de a-l suna. O vizită în persoană ar fi fost mai bună, deoarece erau prieteni de mult timp.

Când s-au întâlnit prima dată, cu ani în urmă, Alex era un ofițer tânăr și începător. Abe lucra în magazinul său, când doi bărbați înarmați au dat buzna înăuntru și au furat banii din casă. Abe a scăpat cu o ușoară lovitură în cap. Era atât de recunoscător că soția lui se dusese în acea zi la angrosiști.

După ce a contactat poliția, aceasta l-a trimis pe Alex împreună cu un ofițer mai în vârstă. Ofițerul mai în vârstă i-a sugerat lui Abe să angajeze pe cineva care să supravegheze ușa. El a spus

ori asta, ori să plătească pentru un sistem de securitate scump. Abe nu-și putea permite niciuna dintre opțiuni. Au completat un raport și au plecat, dar

Alex s-a întors. S-a oferit să lucreze la negru - contra cost. Fiind un ofițer tânăr, nu-i trimiteau prea multe ore.

Abe a fost de acord să îi plătească lui Alex două ore pe zi și au devenit prieteni. La câteva luni de la începutul relației de muncă, un alt magazin de pe aceeași bandă cu cel al lui Abe a fost jefuit. Alex i-a prins pe ambii infractori de unul singur. Mai târziu, Abe i-a identificat în urma unei identificări, iar tâlharii au fost trimiși la închisoare.

După aceea, Alex a început să urce în ierarhie. Cu toate acestea, el și Abe au păstrat legătura, iar când Alex s-a căsătorit, el și Abe au participat. Când au avut primul lor copil, el și El au fost invitați la botez. O fetiță urmată de doi băieți - gemeni. De-a lungul anilor, Abe și El au participat la Crăciun și la Ziua Recunoștinței în casa familiei Miller.

Apoi, când Benjamin a intrat în viața lor și Alex a fost promovat la gradul de sergent, au pierdut legătura în ceea ce privește

cu problemele de familie, dar reușeau totuși să se întâlnească din când în când pentru o ceașcă de cafea.

Ajungând la secția de poliție, a cerut la recepție să se întâlnească cu sergentul Miller, care i s-a spus că nu este disponibil. Abe a stat puțin în sala de așteptare, până când a zărit un panou publicitar de vizavi cu fotografii de copii. Copii dispăruți.

Abe s-a apropiat pentru o privire mai atentă, după ce și-a curățat ochelarii. Niciunul dintre copii nu avea părul lung și blond. Mulțumit că copilul pe nume Katie nu era printre cei de pe afiș, s-a așezat din nou.

Sgt. Miller a sosit, iar cei doi prieteni și-au strâns mâinile. Miller le-a sugerat să se îndepărteze de secție la o cafenea aflată la mică distanță. „Nu vom fi deranjați acolo, iar mie mi-ar prinde bine o pauză".

S-au așezat în cabina unei cafenele, iar Abe i-a întrebat cum se simte toată lumea acasă.

„A trecut ceva timp, vechi prieten, nu-i așa? Ei sunt bine, mulțumesc", a spus Miller. Și-a deschis telefonul și i-a arătat lui Abe un scurt videoclip de la ceremonia de absolvire a liceului de către gemenii săi. „Henry vrea să fie doctor", a spus Alex cu mândrie. „Jimmy vrea să fie avocat." A răsfoit mai multe fotografii, apoi s-a oprit. „Și Jenny, de ce ea și Will tocmai ne-au dat primul nostru nepoțel. E o adevărată frumusețe." A lăsat fotografia deschisă pentru ca Abe să se uite la ea și s-a întors la prepararea cafelei sale, adăugând două creme și un îndulcitor.

„Ah, este chiar o frumusețe. Felicitări ție și soției tale pentru că sunteți bunici pentru prima dată." Și-a sorbit cafeaua. „Medicul este o profesie respectată, la fel și avocatura. Ambele sunt opțiuni de carieră mai sigure decât linia ta de muncă." A râs apoi și-a amestecat ceașca de cafea.

„Asta e sigur", a fost de acord Alex în timp ce lua o înghițitură. Cafeaua tare i-a ars buza, dar a mai luat o înghițitură.

„Lumea devine din ce în ce mai periculoasă", a continuat el, "și sper să mă retrag cândva într-un viitor nu prea îndepărtat. În plus, nu vreau să-mi fac griji că fiii mei își riscă viața când eu pot, în sfârșit, să mă relaxez."

Cei doi prieteni au sorbit și și-au înmuiat gogoșile în cafelele lor.

„Deci, ce te aduce aici să mă vezi astăzi?" a întrebat Alex uitându-se la ceas. „Sper că soția ta nu-ți face probleme."

Abe a zâmbit. „Nu." A ezitat. „Am un prieten."

„Oh, nu, nu gluma cu am un prieten."

Abe a continuat: „Am un prieten", a zâmbit el, „care are o mică problemă."

„Spune-mi mai multe."

„A găsit un copil aseară, pe malul mării, stând singur. Abandonată de mama ei. A dus-o în siguranță."

„Prietenul tău este un bun cetățean", a spus Alex. „Deci, în acest scenariu, cum îl pot ajuta?"

„Prietenul meu se întreabă dacă nu cumva ar putea fi în pericol pentru că s-a implicat în această situație. El este minor, iar copilul a fost prea traumatizat pentru a o aduce la secție. Dacă prietenul meu ar ieși acum în față, ar avea probleme pentru că a întârziat raportarea?"

Alex a analizat problema. „Cât de bine îl cunoști pe acest băiat?"

Abe s-a așezat în picioare, „Îți amintești de Benjamin?"

Alex și-a terminat de băut cafeaua. Chelnerița s-a întors și i-a întrebat dacă mai doreau ceva. Când au refuzat totul în afară de nota de plată, ea a golit cănile.

„Oh, da, mi-l amintesc. Un băiat drăguț și manierat care apreciază cât de norocos este să facă parte din familia ta."

„A fost întotdeauna ca un fiu pentru noi", a spus Abe. „Și apropo de familie și copii, mă întrebam ceva."

„Te ascult."

„Am văzut o emisiune seara trecută, Matlock, îți amintești?"

„Da, e un pic demodat totuși - mai ales costumele lui albe." Miller a râs.

„Da, îmi amintesc când erau populare totuși - costume albe și pălării. Da, sunt atât de bătrân."

A râs, apoi a continuat. „În program se spunea că o persoană nu își poate raporta dispariția copilului timp de douăzeci și patru de ore. Este o emisiune americană, după cum știți, dar mă întrebam dacă este la fel și aici."

„În Canada, un copil poate fi dat dispărut oricând. Nu există nicio perioadă de așteptare."

„Oh, nu știam asta", a spus Abe. „Interesant."

„Majoritatea oamenilor cred că este vorba de douăzeci și patru de ore", a spus Alex. „Această dezinformare poate fi atribuită reluărilor și știrilor false."

Abe a râs. „A raportat cineva dispariția unui copil atunci, adică aici în oraș de ieri?"

„Din câte știu eu, nu", a spus Alex. „S-ar putea ca eu să nu știu încă despre asta. Uneori lucrurile se strecoară la secţie." S-a aplecat mai aproape. „Trebuie să știu - unde este copilul acum?"

„Benjamin ne-a făcut cunoștinţă cu ea în această dimineaţă. El face mare tam-tam, după cum vă puteţi imagina."

Sergentul Miller a dat din cap când i-a sunat telefonul. Era nevoie de el înapoi la secţie.

A întrebat dacă un copil, o fetiţă a fost dată dispărută în ultimele douăzeci și patru de ore. A deconectat. „Nu există rapoarte noi de copii dispăruţi."

„Uh, înţeleg", a spus Abe. „Ce ar trebui să facem acum?"

Miller a spus: „Dacă o aduceţi la secţie, vom avea grijă de ea până când se implică Protecţia Copilului."

„S-a acomodat atât de bine cu noi."

„Da, să o lăsăm cu voi chiar acum ar putea fi cea mai bună opţiune. În timp ce noi investigăm. Nu mi-ar plăcea să o văd trimisă prematur în sistemul de plasament. Mai ales dacă e la prima abatere."

„Am ţine-o în siguranţă."

„Ştiu că aţi face-o, dar va trebui să vorbesc cu șeful meu. Din punctul meu de vedere, probabil că e mai bine să o lăsăm unde este." El s-a ridicat. „Mai vrei să-mi spui ceva, înainte să fac cercetări?"

„Benjamin s-a întors astăzi la malul mării în speranţa că mama copilului va fi acolo - nu a fost."

„Este un lucru bun că nu s-a întors", a spus Miller. „Acest lucru trebuie investigat. Să vedem dacă este o recidivistă." A verificat din nou ora. „Câți ani are copilul?"

„Nu știu sigur, dar cred că șapte sau opt."

Miller a părăsit cafeneaua vorbind la telefon și s-a întors câteva minute mai târziu. „Deocamdată poate rămâne cu tine. Între timp, le voi cere ofițerilor mei să fie atenți la o femeie care se plimbă pe malul mării. Ai idee cum arată?"

„Nu, va trebui să vorbiți cu Benjamin. Sau pot să-l întreb de tine și să-ți spun?"

„Sigur. Află și trimite-mi un mesaj." Își întinse mâna, care fu primită cu căldură.

„Mulțumesc", a spus Abe.

Miller a adăugat: „Indiferent ce se întâmplă, nu predați copilul. Dacă apare femeia, blocheaz-o și sună-mă. Oricând, la douăzeci și patru, șapte. Vreau să vorbesc cu ea - să-i spun pentru ce. De asemenea, să mă asigur că e legală și că înțelege greșelile pe care le-a făcut. Dacă este necesar, voi implica serviciile sociale."

Abe a spus că va trimite prin SMS descrierea femeii cât de curând posibil.

„Bun om", a spus sergentul Miller, în timp ce se despărțeau în fața cafenelei.

Abe, în loc să meargă direct acasă, s-a dus la Waterfront. S-a așezat pe o bancă și a ascultat pescărușii și valurile. După treizeci de minute în care nu a văzut pe nimeni, s-a întors la magazin, unde soția lui a ieșit să îl întâmpine.

„La fel de bună ca aurul", a spus El în timp ce își săruta soțul mai întâi pe obrazul stâng și apoi pe cel drept.

El a observat că soția lui avea un salt în picioare și obrajii îi erau înroșiți. Îi amintea de zilele în care se curtau pentru prima dată.

✳✳✳

După ce a vorbit cu El despre întâlnirea sa cu sergentul Miller, Abe i-a întrebat pe copii la ce se uită la televizor.

„Este SpongeBob SquarePants", a spus Katie. „E amuzant."

„Uh, îl puteți pune pe Benjamin la curent cu ce s-a întâmplat mai târziu, dacă e în regulă? Pentru că aș vrea să vorbesc cu el afară pentru un moment sau două."

Ea a dat din cap.

„Ai aflat ceva, la secție?" a întrebat Benjamin după ce a închis ușa în urma lui.

„O să te pun la curent imediat, dar acum sergentul Miller vrea să-i transmit prin SMS o descriere a mamei lui Katie." I-a înmânat telefonul lui Benjamin. „Dă-i drumul și tastează informația. Tu tastezi mai repede."

Benjamin a dat click: Bună, sergent Miller. Sunt Benjamin. Mama lui Katie purta o rochie închisă la culoare, fără mâneci, o eșarfă roșie și pantofi cu toc înalt. Părul ei era închis la culoare, aproape negru și purta ochelari de soare închiși la culoare ieri, când a fost soare."

„Înălțimea?" a răspuns Miller.

„Aproximativ 1,70 m. - fără tocuri."

„Mulțumesc. S.A.M."

Benjamin i-a întors un emoji cu degetul mare în sus. „Deci, spune-mi ce ai aflat despre Katie."

„La început, am adus vorba despre ceva ipotetic. Am vorbit, apoi l-am pus la curent cu detaliile."

„Bine, destul de corect."

„Pot să confirm", a spus Abe, "că nu a fost dată dispărută încă."

„Ceva trebuie să se fi întâmplat cu mama ei. Sper că e bine."

„Sergentul Miller, Alex, a spus că ai făcut un lucru bun aducând-o aici. Ofițerii lui vor fi cu ochii pe mamă. Dacă apare, o vor aduce pentru interogatoriu. Dacă sunt vești despre Katie, ne vor anunța."

„Mulțumesc din nou, Abe."

„Din moment ce este sâmbătă și Katie nu trebuie să meargă la școală, este un lucru bun. Să sperăm că se va rezolva până luni și se va întoarce la ore ca și cum nimic nu s-ar fi întâmplat."

„Da", a spus Benjamin, gândindu-se deja la cât de mult îi va lipsi când va fi plecată.

El a intrat pe hol și cei trei au șoptit împreună.

„Noi, Abe și cu mine credem că s-ar simți mai confortabil în camera de oaspeți."

Benjamin părea dezamăgit și privirea lui s-a dus pe podea.

El l-a atins pe braț. „Pot să stau eu cu ochii pe ea când voi doi aveți grijă de magazin. Putem face lucruri de fetițe".

Abe a intervenit: „Și tu ai nevoie de somn, Benjamin, iar scaunul acela vechi nu este potrivit pentru a dormi în el."

„De ani de zile vrem să înlocuim chestia aia veche."

„Este pe lista mea de lucruri de făcut", a spus Abe. „O să mă apuc să-l retapițuiesc într-una din zilele astea."

„Mai bine o arunci la gunoi sau o folosești ca lemn de foc. Am vrut să aranjez puțin camera. Rafturile alea au nevoie și ele de finisare."

„O voi adăuga pe listă."

El l-a sărutat pe frunte. „Ar fi frumos să facem camera mai feminină."

„Ea este aici doar pentru o scurtă perioadă de timp."

„Știu, știu. Dar mă face să mă gândesc la sora mea mai mică, Sammy. Samantha. Năzbâtiile pe care le făceam împreună." S-a uitat la soțul ei. „Întotdeauna mi-am dorit o fetiță a mea - ăsta e următorul lucru bun. Chiar dacă e doar pentru puțin timp."

Abe și-a pus brațul în jurul ei. „Am înțeles, voi doi vreți să vă jucați împreună."

El l-a sărutat pe obraz și cei trei s-au îmbrățișat în grup.

Când s-au despărțit, Abe a întrebat: „Katie își știe adresa?"

„O știe și am verificat-o aseară. Nu era nimeni acasă și ea nu are cheie. Este pe strada Ontario, numărul 74."

Abe a apelat Google Maps pe telefon și a introdus adresa cu gândul de a merge la casă. După ce ar fi aruncat el însuși o privire, i-ar fi comunicat adresa prietenului său, sergentul Miller. „Copilul va avea nevoie de lucruri", a spus Abe, dându-i cardul său de credit lui Benjamin. „Cumpără haine casual, pijamale, pantofi decenți, șosete și lucruri dedesubt. Și o periuță de dinți".

Benjamin a aranjat bucătăria în timp ce Abe a continuat să discute despre vizita sa la secția de poliție. „Oh, și încă un lucru, dacă Katie își vede mama, sau viza-versa, ea nu trebuie să fie returnată la ea. Vor să vorbească mai întâi cu femeia la secție."

Katie a venit în bucătărie: „Mama mea are probleme?"

„Nu, nu, dragă", a spus Benjamin. „Poliția vrea să se asigure că e bine, asta-i tot." I-a ciufulit părul. „Acum spală-te pe față și periază-ți părul." Ea a intrat în baie și a închis ușa.

„Ce se întâmplă dacă mama ei face o scenă? Adică, dacă mă vede pe mine, un străin, cu fiica ei?"

Abe a șoptit: „Și-a abandonat propria fiică. Oricine ar fi putut să o ia, așa că mă îndoiesc că va face o scenă." A verificat să se asigure că Katie nu ieșise. „În plus, biata femeie s-ar putea să nu fie în toate mințile. Dacă vede copilul, sună la poliție și stai pe loc. Întreabă de Sgt. Miller. Își amintește de tine și va avea grijă de asta."

Benjamin s-a așezat și a rămas tăcut.

„Văd că v-am îngrijorat", a spus Abe. „Copilul va ști ce îi place și ce are nevoie, iar personalul vă va ajuta."

Benjamin s-a uitat la picioarele lui, nu știa nimic despre cum să cumpere haine pentru o fetiță.

El a spus: „Vreți să vin cu voi?" Ea s-a uitat la soțul ei. „Dacă ești de acord cu asta? Este după ora 3, așa că, nu va fi din nou teribil de aglomerat."

Benjamin a dat din cap. „Te rog, Abe."

Katie a mimat cuvintele lui Benjamin. „Pleeeasssse, Abe."

Nemaiputând rezista, Abe a dat din cap.

„Mergem la cumpărături, pentru tine", a spus Benjamin. „Tu, El și cu mine."

Katie a țipat de încântare.

CAPITOLUL 14

CUMPĂRĂTURI

Î n scurt timp, Katie avea tot ce era pe listă.

„Acum să luăm ceva de mâncare", a sugerat El.

Au intrat într-o cafenea de pe strada principală. Katie a comandat un milkshake de căpșuni, El a cerut un ceai tare și Benjamin o cola cu gheață.

Ea și-a sorbit milkshake-ul. „Vrei să mă întrebi ceva, nu-i așa El?"

El a dat din cap. „De unde l-ai cunoscut pe acel copil?"

„E în regulă dacă mă întrebi. Nu mă deranjează."

El a ezitat, apoi a întrebat: „Care este culoarea ta preferată?"

Katie a râs, clar nu era întrebarea la care se aștepta. „Nu am o culoare preferată. De ce să aleg una, când sunt atât de multe?"

El a zâmbit. Nu este răspunsul la care se aștepta.

„Am o întrebare", a întrebat Benjamin. A ezitat în timp ce El și Katie așteptau. „Cine ți-a cumpărat păpușa? A fost mama ta?"

Katie a mai sorbit milkshake prin paiul ei. „El a făcut-o", a spus ea.

El s-a aplecat mai aproape, „Tatăl tău?"

„Nu, Mark, prietenul mamei mele. A fost un cadou. El îmi aduce mereu cadouri."

„De Crăciun? Sau de ziua ta?" A întrebat Benjamin.

„Nu, cadouri pentru nimic. El doar apare și îmi aduce ceva."

„Oh", a spus Benjamin, uitându-se la El. „Deci, cum e milkshake-ul tău?"

„Are gust de rai", a spus Katie, apoi și-a pus degetul pe buze.

„Ce s-a întâmplat?" a întrebat El.

„Doar mă gândesc..."

„La ce?" A întrebat Benjamin. „Nu trebuie să ne spui dacă nu vrei."

Katie s-a gândit, apoi a spus: „Dacă mămica mea ar fi aici, ar bea un milkshake cu caramel. Am sorbi încet. Întotdeauna sorbim încet. Am uitat și am sorbit repede, iar acum a dispărut totul." Ea a pufnit.

„Mai vrei unul?" a întrebat Benjamin.

„Pot?"

„Poți." L-a chemat pe chelner.

Când acesta a sosit, Katie a spus: „Stai, nu mai am nevoie de încă unul."

„De ce nu?" A întrebat El.

„E simplu. Acum că mai pot avea unul, acesta este suficient."

Benjamin și El s-au uitat unul la celălalt, apoi înapoi la Katie.

„Ești unică, copilă", a spus El.

„Asta spune mereu mami."

Ea a plătit nota și au ieșit în stradă.

„Pot să port pantofii mei noi, te rog?"

„Bineînțeles că poți", a spus El, în timp ce îi scotea sandalele lui Katie.

Ea și-a scuturat degetele de la picioare în pantofii de alergat, apoi a sărit pe trotuar. El și Benjamin au încercat să țină pasul cu ea.

CAPITOLUL 15

ÎNAPOI ACASĂ

S-au întors acasă unde l-au găsit pe Abe stând într-un balansoar. Umerii îi erau căzuți, iar mâinile îi erau încrucișate în poală.

El s-a dus la el și l-a sărutat pe frunte. „Mă duc să fac o baie pentru Katie. O va ajuta să adoarmă după atâta agitație.”

„Bună idee, iubire", a spus Abe. Apoi către Benjamin: „Cum a fost la cumpărături?”

„A fost distractiv - Katie este plină de energie. Chiar și mie mi-a fost greu să țin pasul cu ea."

Abe a zâmbit. „Îmi pare rău că am ratat-o". Și-a coborât vocea. „Am mai multe informații. Aș prefera să le împărtășesc

cu tine și cu El în același timp. Când cel mic doarme."

Benjamin a bâzâit.

Abe a spus: „De ce nu te duci sus, să dormi puțin. Vorbim peste o oră, bine?”

„Sună ca un plan. Mulțumesc." El a urcat scările.

✳✳✳

Când Katie a adormit, s-au adunat în camera de zi. El a pregătit câteva sandvișuri. Abe era foarte înfometat. Nu mai mâncase de la micul dejun.

„A adormit imediat", a menționat El. „Și arăta bine în noua ei cămașă de noapte Princess".

„Am avut o zi minunată astăzi, mulțumesc mult pentru ajutor El."

„A fost plăcerea mea."

Abe a terminat de mestecat sandvișul, s-a șters la gură și a luat o înghițitură de apă. „Am vești. Nu este o poveste ușor de spus. Vă rog să nu mă întrerupeți sau să puneți întrebări până nu termin."

Atât El, cât și Benjamin s-au apropiat și au fost de acord.

„După ce am închis magazinul la ora 5, am mers acasă la Katie. Nu plănuisem să merg până mâine, dar ceva m-a făcut să vreau să merg astăzi și așa am mers." A făcut o pauză.

Continuă, se gândea Benjamin, dar știa că ar fi fost nepoliticos să o spună.

„Am bătut la ușa din față, nu a răspuns nimeni, dar perdelele erau deschise. M-am oprit și am ascultat după sunete din interior, nimic. Am ocolit partea laterală a casei și am ajuns în spate. Nu era niciun semn că acolo ar fi locuit un copil, nicio jucărie, bicicletă, leagăn sau minge. Nici rufe atârnate pe sârmă.

„Am comandat un taxi, iar șoferul mă aștepta la bordură. M-am dus alături și am bătut la ușă. A răspuns un bărbat, mi-a spus că alături locuiește cineva, o fetiță și o femeie, asta e tot ce știa. Apoi mi-a trântit ușa în nas.

„În viziunea mea periferică, am văzut o perdea mișcându-se pe cealaltă parte a străzii. Am trecut pe acolo și am bătut. A răspuns o femeie, care m-a invitat înăuntru să bem ceva.

A văzut taxiul care aștepta și i-a spus să plece. A spus că va contacta un altul când voi fi gata de plecare. Am fost de acord, simțind că ar putea avea informații de împărtășit despre mama copilului. Era o persoană foarte ocupată, de asta nu mă îndoiam. În mod normal, aș fi evitat-o, dar în acest caz informațiile pentru bunăstarea copilului erau esențiale, așa că am rămas.

„Casa ei era curată și ordonată. Nu am fost expus niciunui risc, iar singurul sunet din casa ei era ticăitul neîncetat al unui ceas de bunic. Ne-am așezat, am împărțit o cană de ceai.

„Când am întrebat-o despre copil, mi-a spus că în casa de peste drum se întâmplau mereu lucruri.

Strigăte. O ușă rotativă de bărbați și mașini parcate pe alee și uneori se revărsau pe stradă. Se gândea că aceia erau bărbați căsătoriți. Oh, și a mai spus că ultimul bărbat elegant avea o mașină mare și un șofer. Mama lui Katie era subiect de discuție pe stradă."

El și-a dus mâna la gură: „Săraca micuță".

Benjamin a schimbat subiectul. „Ai aflat ceva despre Katie?"

Abe a suspinat. „Tăcută și bine crescută", a explicat vecina Judy Smith. „A spus că le-a observat ieri dimineață atât pe mamă, cât și pe fiică. A ieșit în evidență, pentru că era zi de școală și copila ducea cu ea o păpușă în mărime naturală. Totuși, nu le-a văzut întorcându-se acasă.

„Când s-a plictisit să vorbească cu mine, s-a dus la ușa din față a casei sale și a fluierat pe stradă. Fiul ei, un șofer de taxi, a oprit în față. M-a împins afară pe ușa din față, în mașină, iar eu i-am dat bărbatului o adresă falsă. Nu voiam ca ei să știe adresa mea. Păreau excentrici".

„Adică nebuni?"

Abe a dat din cap, apoi și-a turnat o ceașcă de ceai și a oferit câte o ceașcă lui El și Benjamin.

„Acum puteți pune întrebări", a spus el.

$$* * *$$

Minutele au trecut, poate cincisprezece minute sau mai mult, până când El a rupt tăcerea. „Săraca micuță. Cum trebuie să fi fost viața ei cu bărbați care veneau și plecau la orice oră din zi și din noapte." El s-a împotrivit unui plâns, din adâncul sufletului ei matern. „Nicio viață pentru niciun copil - și aici suntem noi. Tu și cu mine, care nu am putea avea niciodată un copil al nostru."

„Așa, așa", a spus Abe, mângâind brațul soției sale. „Exact sentimentele mele. Nu există dreptate în lumea asta. Nu există rimă sau rațiune. Și totuși, cine suntem noi să judecăm?"

„Tot ce știu", a intervenit Benjamin, "este că Katie își iubește mama."

„Chiar și un copil abuzat își iubește mama", a spus El.

„Dovada este în abandon", a spus Abe.

„Poate că nu ar fi putut fi ajutat. Nu știm ce s-a întâmplat", a spus Benjamin.

„Asta e adevărat. Îmi pare rău că am judecat atât de repede. Deci, ce se întâmplă acum?" a întrebat El.

„Așteptăm", a spus Abe. „Și punem întrebări, fără să o supărăm pe micuța Katie. Aflăm ce putem. Între timp, sergentul Miller va pune lucrurile în mișcare pe partea lui. I-am transmis adresa lui Katie; Benjamin i-a dat o descriere a mamei ei. Vor verifica spitalele, morga și malul mării."

„Morga", a spus El. „Nu vreau să mă gândesc că micuța aia e singură pe lume."

„Știu, știu", a spus Abe. A schimbat subiectul. „Oh, și înainte să uit." A băgat mâna în buzunar și a scos un plic pe care l-a pus pe masă. „Asta era în cutia poștală de la casa lui Katie."

„Abe, este un delict federal să furi corespondența altei persoane!" a exclamat El. Această izbucnire nu a fost suficientă pentru a o opri să întoarcă plicul astfel încât atât ea, cât și Benjamin să îl poată citi.

„Sunt perfect conștientă de acest fapt", a confirmat Abe. „Dar acum știm că numele mamei ei este Jennifer Walker."

Benjamin a bâzâit și s-a ridicat, apoi a sărutat-o pe El pe obraz. „Katie nu este singură acum. E aici cu noi." El i-a spus noapte bună. „Mulțumesc pentru tot ajutorul tău." Abe l-a bătut pe spate ca un tată pe un fiu.

La etaj s-a schimbat în pijama și s-a lăsat în pat. Era prea obosit ca să tragă pătura în jos și în schimb s-a cuibărit în plapumă.

***

Benjamin stătea pe marginea acoperișului unei clădiri înalte, incapabil să privească în jos, cu degetele de la picioare deja peste linie. Era noapte, iar stelele erau fante, ca niște ochi pe cer, care îl priveau, îl îndemnau să înainteze. Sari, păreau să-i spună. Doar sări.

Se clătina și se clătina. Era la fel de ușor să meargă înainte cum era să se întoarcă înapoi, iar el era singur. Singur pe lume, fără nimeni care să aibă grijă de el. Nimeni care să aibă grijă de el. Nimănui nu-i pasă dacă trăiește sau moare.

Citise multe cărți, despre eroi. Băieți care, ca și el, își pierduseră părinții și făcuseră lucruri uimitoare cu viața lor. Desigur, acest gen de personaje erau fictive.

Stai un pic! Eu sunt o persoană bună. Ajut oamenii. Mă gândesc la alții înaintea mea. Nu mint, nu fur, nu fac rău altora și întotdeauna, aproape întotdeauna, îmi țin promisiunile.

De ce aproape întotdeauna? l-a întrebat o voce de deasupra lui.

El nu a răspuns - în schimb, s-a răsturnat peste margine - și s-a trezit pe podea, lângă patul său. Hainele îi erau umede de transpirație - dar era în siguranță. În siguranță și bine. Deși era 4 dimineața, nu avea de gând să adoarmă din nou. A început să se joace pe telefon. Sub camera lui, auzea pe cineva plimbându-se înainte și înapoi. Probabil Abe. Și-a pus căștile. După ce câțiva prieteni i s-au alăturat, el s-a cufundat complet într-un joc online cu mai mulți jucători. A continuat să joace până când soarele a răsărit la orizont, apoi s-a întors în pat.

CAPITOLUL 16

ABE ȘI EL

Abe nu putea să doarmă. „Ești treaz?"

„Acum sunt."

„Mie mi-e puțin foame, ție?"

„Acum că m-am trezit, și eu la fel. Haide să pregătesc ceva. Ce poftești?"

În timp ce se plimbau pe hol, au privit-o pe Katie.

„E așa un îngeraș."

„Așa este." Acum, în bucătărie, Abe a spus: „Un sandwich cu brânză prăjită mi-ar prinde bine."

„Bine, tu pune ceainicul pe foc, iar eu o să aprind grătarul."

Când mâncarea a fost gata, iar ceaiul se fierbea în oală, s-au așezat și și-au mâncat sandvișurile.

„Asta chiar a lovit locul, mulțumesc."

„Mâncarea reconfortantă întotdeauna o face." Ea și-a împins scaunul înapoi.

„Nu, stai jos un minut. Vreau să vorbesc cu tine."

„O ceașcă de ceai?" Abe a dat din cap și ea le-a umplut ceștile. „Ce te frământă? Știu că e ceva."

„Îți amintești, am vorbit despre adoptarea lui Benjamin?"

„Da, dar cum avea deja cincisprezece ani, am decis să nu mergem mai departe."

„Și totuși, mă tot gândesc că dacă l-am adopta, dacă mi s-ar întâmpla ceva - el ar fi în familie și te-ar putea ajuta cu magazinul. Să preia conducerea dacă este necesar. La fel, dacă ți s-ar întâmpla ție ceva, el mi-ar fi de mare ajutor."

El și-a amestecat ceaiul. „Vrea să fie adoptat? Nu mai are nevoie de noi ca atunci când a venit să locuiască cu noi. E un tânăr independent. Nu mi-ar plăcea să-l înlănțuim de noi."

Abe și-a ridicat vocea. „Să-l legăm de noi? Asta este ceea ce crezi? EU, EU."

„Calmează-te, iubire. În câțiva ani, va fi destul de mare să zboare singur - și are tot dreptul să plece. Cum era vorba aia, *dacă iubești pe cineva, eliberează-l și dacă se întoarce, e al tău,*"

„Și dacă nu, nu au fost niciodată. Nu-mi amintesc cine a spus-o."

„Poate Kipling, sau o persoană înțeleaptă ca el. Nu spun că nu s-ar întoarce niciodată; cred că s-ar întoarce. Îi place să lucreze în magazin."

„Da, și într-o zi, el ar putea deține magazinul - să conducă magazinul. Să ducă mai departe moștenirea noastră."

„Dacă vrea."

„Desigur."

„Ce ți-ar plăcea să faci? Ce te-ar liniști?"

„Aș vrea să vorbesc cu Travis, avocatul nostru, pentru a-i cere sfatul."

„N-ar trebui să abordăm mai întâi subiectul cu Benjamin?"

„Dacă am face-o și ne-am răzgândi după sfatul avocatului - ar putea avea repercusiuni. Aș prefera să verificăm mai întâi, apoi putem decide. Dacă decidem să mergem înainte de data asta, putem vorbi cu el și să vedem ce părere are."

El a bâzâit. „Oh, scuză-mă." A luat mâna soțului ei în a ei. „Se pare că avem un plan. Acum să ne întoarcem în pat, că micuța se va trezi în curând și își va dori micul dejun."

CAPITOLUL 17

ÎMI LIPSEȘTE...

Abe și El au adormit în sfârșit când Katie a scos un țipăt pe hol.

El a fost lângă ea în câteva secunde, aproape ca și cum ar fi anticipat asta. În momentul în care Katie a văzut-o, și-a aruncat brațele în jurul gâtului ei.

Abe a sosit la scurt timp după aceea. „Acum ce s-a întâmplat, micuțo?"

„Mi-e dor..." este tot ce a spus ea înainte de a-și strânge fața în pieptul lui El.

Benjamin a intrat împiedicat în cameră. „Whatsamatter?"

Katie a rămas nemișcată, în timp ce ei schimbau șoapte suave.

„Îi este dor de mama ei", a spus El. Katie s-a cuibărit mai aproape. „Voi două mergeți înapoi în paturile voastre, iar eu voi rămâne aici cu micuța". Apoi către Katie: „Ți-ar plăcea asta acum, nu-i așa? Dacă aș rămâne aici?" I-a șoptit ceva lui El. „Oh, înțeleg", a spus ea. „Ești sigură?" Katie a dat din cap. „Ar vrea să rămâi și tu, Benjamin. Ia o pătură de afară și o poți arunca peste tine pe scaunul de acolo." Benjamin i-a urmat instrucțiunile.

„Ei bine, noapte bună atunci", a spus Abe, în timp ce închidea ușa, bucuros să se întoarcă la confortul propriului pat.

CAPITOLUL 18

DUMINICĂ, DUMINICĂ

Dimineţile de duminică erau speciale în casa familiei Julius. Deoarece magazinul nu se deschidea până la prânz, familia pregătea și împărţea întotdeauna un mic dejun copios.

„Azi sunt vafe", a anunţat El, scoţând aparatul de făcut vafe și conectându-l la priză. Ea a mers mai departe și a pregătit aluatul până când grătarul a fost gata.

Între timp, ceilalţi așezau masa. Condimente precum: siropuri, fructe, unt și frișcă la cutie au fost toate așezate pe masă.

„Vafele miros atât de bine", a spus Katie, în timp ce El a așezat vafele gata în centrul mesei.

„Mulţumesc, iubire", a spus El. „Am uitat ceva, înainte să mă așez?" Nimeni nu s-a putut gândi la nimic, așa că El s-a așezat la un capăt al mesei, în timp ce soţul ei era la celălalt.

„Mulţumesc pentru mâncarea gourmet", a spus Abe, care era versiunea lui de rugăciune în timpul mesei. „Acum, mâncaţi!" Şi aşa au făcut.

Katie stătea şi îi observa pe ceilalţi, deoarece nu mâncase niciodată o vafă.

„Ce mai aştepţi, iubire?"

„Mă uit, deoarece singura vafă pe care am mâncat-o vreodată a fost un con de îngheţată."

„Asta e o idee inteligentă", a spus Benjamin. S-a dus la congelator şi a scos un recipient de îngheţată napolitană. Apoi a luat lingura de îngheţată din sertar şi le-a adus la masă.

El a ajutat-o pe Katie să pună fructe pe vafa ei, inclusiv afine şi căpşuni. Ea a adăugat câteva felii de măr. „Arată frumos", a spus copilul.

„Acum încearcă tu", a spus Benjamin.

Katie a adăugat o lingură de îngheţată şi sos de ciocolată.

„Oh, tocmai m-am gândit la altceva", a spus El, împingându-şi scaunul înapoi. S-a întors spre Katie: „Nu eşti alergică la nuci, nu-i aşa?"

„Nu. Câţiva copii de la şcoala mea sunt, aşa că trebuie să fim atenţi, dar eu nu sunt alergică la nimic."

„Nici eu", a spus Benjamin, în timp ce punea nuci zdrobite pe partea de sus a vafei sale. Apoi a adăugat frişcă - deşi el, ca şi Katie, avea deja îngheţată pe vafa lui.

„Pot avea şi eu frişcă?"

Benjamin a pulverizat frișca pe vafa lui Katie. „Arată prea bine pentru a o mânca acum", a spus ea, iar toată lumea a râs. Fața ei s-a luminat, „MMMMM", a spus ea. „MMMMM."

După ce fiecare a mâncat pe săturate, El a pregătit cafeaua.

„Sunt prea plin ca să mă mișc", a spus Benjamin.

„Și eu", a spus Katie, mângâindu-și stomacul.

Abe s-a uitat la ceas, mai era timp până la deschiderea magazinului. „Oh, am vrut să te întreb Katie, care este numele școlii tale?"

„Merg la St. Mary's Elementary", a spus Katie.

Abe a tastat adresa în Google.

„Îți place la școală?" a întrebat Benjamin.

„Este în regulă.

„Vom suna mâine la școala ta", a spus El, „și îi vom anunța că vei lipsi câteva zile."

„Adică nu trebuie să plec?" „Nu. Vrem să te ținem aici pentru moment."

„Până se întoarce mămica?"

„Da, până atunci", a spus Abe.

„Lipsești des de la școală?" a întrebat El.

„Doar dacă sunt bolnav sau dacă mami nu se simte bine, pentru că ea nu mă lasă să merg singur."

„Mama ta este bolnavă des?" a întrebat Abe, gândindu-se la acuzațiile de alcool și droguri.

Katie a început să plângă.

„Ajunge cu întrebările pentru moment", a spus El. A luat mâna lui Katie în a ei. „Hai să-ți spălăm frișca și sosul de ciocolată de pe față și să te îmbrăcăm în noua ta ținută. Haide acum."

Katie a urmat-o și când în spatele ușilor închise a spus: „Mami nu vrea să fie bolnavă."

„Bineînțeles că nu, copilă", a spus El în timp ce trecea o lavetă caldă și umedă peste fața lui Katie. „Acum ridică-ți brațele și hai să te îmbrăcăm."

„Sunt o fată mare."

„Chiar și fetele mari au nevoie de puțin ajutor uneori", a spus El făcând cu ochiul.

„Mulțumesc."

„Mulțumesc că mi-ai adus un pic de soare în casă."

Katie s-a gândit o clipă și apoi a spus: „Dar tu aveai deja soare, pentru că îl aveai pe Benjamin."

El a râs. „Ai dreptate, îi vedem razele aurii în fiecare zi. Acum hai cu tine, nu putem lăsa băieții să fie gata înaintea fetelor, nu-i așa?"

„În niciun caz!" Katie a chicotit.

CAPITOLUL 19

SGT. MILLER

Când sergentul Miller a ajuns la secție, îl aștepta un mesaj urgent de la medicul legist:

„Cadavrul unei femei a eșuat pe malul lacului Ontario în această dimineață devreme, lângă Viaduct. Locul obișnuit al sinuciderilor. Acum se află aici, la morgă. Nu are acte de identitate, dar se potrivește descrierii femeii pe care m-ați rugat să o caut. Cauza morții ar trebui să fie verificată în curând. Vino pe la mine când ajungi, o să te pun la curent atunci.”

Miller s-a dus imediat la morgă. Cadavrul era pe lespede, iar medicul legist și asistentul său notau informațiile.

„S-ar putea să vrei să te uiți la asta”, a spus el, arătând spre tăietura de pe gâtul femeii.

„Atunci, sinuciderea este exclusă”, a sugerat Miller, «având în vedere unghiul lamei, ea nu și-ar fi putut face-o singură».

„Exact”, a confirmat medicul legist. „Și am găsit, de asemenea, urme de piele și păr sub unghiile ei.”

Miller s-a uitat la unghiile femeii, vopsite în roşu cardinal. Uitându-se la faţa ei, a văzut că pe colţul buzei superioare a rămas o pată de ruj asortat.

„Am trimis deja mostre la laborator. Ar trebui să putem să o identificăm pe ea şi, eventual, pe agresorul ei, dacă găsim o potrivire în baza de date."

„Te superi dacă iau o mostră din amprentele ei, ca să o pot verifica în baza noastră de date când mă întorc la birou? Ar putea fi o cale mai rapidă de a o identifica dacă a fost acuzată de vreo infracţiune."

Medicul legist a dat din cap.

„Ce altceva mai ştim despre ea?"

„Vârsta este estimată între 34-37 oh, şi era multipară."

„Două naşteri", a spus Miller. „Puteţi spune când a născut copiii?"

„Cezariană. Acum şapte sau opt ani. Naştere vaginală recentă."

„Altceva?"

„Estimăm că decesul a survenit sâmbătă seara, între orele 19.00 şi 21.00. Nu s-au găsit alcool sau droguri în corp." A ezitat, „Încă un lucru, avea muşcături pe partea din spate a picioarelor." A întors cadavrul. „Vedeţi aici şi acolo, muşcături. Ţestoasele ar putea fi cauza, dar muşcăturile sunt mari."

„Înţeleg", a spus Miller. „Mulţumesc." A făcut o pauză. „Ce e asta, lângă coloană?"

„Un semn din naştere."

Era cam de mărimea unui nebun.

Miller a ieșit din clădire și lumina soarelui l-a lovit cu toată forța. Și-a pus ochelarii negri și a continuat să meargă spre mașina lui gândindu-se la copilul care stătea cu Abe. Sperând că femeia moartă și mama dispărută nu erau aceeași persoană, dar instinctul îi spunea altceva.

CAPITOLUL 20

(LEGAL EAGLE) JURIDIC VULTUR

Abe s-a trezit și a ieșit din casă înainte ca ceilalți să se trezească. După discuția cu El, a stabilit o întâlnire cu vechiul său prieten, care era și avocatul lor, Travis Anders.

„Aș vrea să te ocupi de întocmirea actelor. Când Benjamin va împlini douăzeci și unu de ani, va moșteni casa și magazinul.”

„Whoa, mai încet. Cum rămâne cu El?” a spus Travis.

„Îl putem ajuta în magazin, dacă este nevoie. Dar el va avea un stimulent să se implice mai mult, pentru că va fi a lui într-o zi.”

„Și El trebuie să fie aici. Casa și magazinul sunt pe numele amândurora.”

„Dacă strângeți formularele pentru noi, o voi aduce aici să le semneze. Am discutat deja despre asta.”

„Care e graba?”

„Nici o grabă ca atare. Vreau doar să punem lucrurile în mișcare. Cât timp îți va lua să redactezi totul?"

„Dă-mi o săptămână", a spus Anders. „Apoi trebuie să te întorci cu El. Ai discutat deja cu Benjamin?"

„Nu încă. Vreau să văd cum arată pe hârtie. Cum se potrivește totul înainte să-l implicăm."

„Sunt bucuros să-ți iau banii, Abe, dar dacă eu întocmesc actele și el refuză, tot va trebui să-mi plătești onorariul."

„Înțeleg. N-aș vrea să fie altfel."

„Bine, Abe. Lasă-l la mine. Te voi contacta când va fi gata și îl poți aduce pe El." El a ezitat.

„Aș discuta cu Benjamin între timp, chiar dacă e o situație ipotetică."

„Odată semnat, va fi oficial?" a întrebat Abe. „Și dacă ne răzgândim?"

„Voi include un Codicil. În cazul în care vă decideți să anulați oferta în viitor."

„Mulțumesc, Travis."

„Oh, și nu ești obligat din punct de vedere legal să dezvălui Codicilul băiatului, cu excepția cazului în care alegi să o faci. De asemenea, când îi vom aduce actele pentru semnare, ar trebui să aibă propriul său avocat prezent. Dacă nu își permite, îi sugerăm să contacteze Asistența Juridică pentru ajutor. Putem vorbi despre asta când ne vom întâlni, îl pot pune la curent sau îi pot recomanda un alt avocat. Va trebui să îi acordăm puțin timp înainte să semneze".

„Benjamin este ca un fiu pentru noi", s-a ridicat Abe, «și vreau să îi ușurez situația».

„Stai puțin Abe, te rog ia loc", a spus Travis. „Sunt avocatul tău, dar nu vă pot reprezenta pe amândoi. Este pentru propria lui protecție să aibă alt avocat decât mine."

„Ne cunoaștem de douăzeci și cinci de ani", a spus Abe. „Am încredere în tine. Băiatul nu-și poate permite un alt avocat. Mi se pare ridicol să plătesc pe altcineva când am încredere în tine."

„Îi voi explica totul unu la unu, astfel încât să înțeleagă și să poată pune întrebări fără ca tu sau soția ta să fiți de față. Codicilul este pentru liniștea ta și a lui El. Nu este o reflecție asupra băiatului, este o chestiune de lege. Punând totul în scris, este pentru protecția tuturor celor implicați."

„Îți apreciez sfatul", a spus Abe. A făcut o pauză.

„Ceea ce îmi amintește, mă uitam la reluări din Matlock noaptea trecută."

„Îmi plăcea serialul ăla", a spus Travis. „Te rog continuă."

„Ei bine, în episod, au încercat să forțeze o soție să depună mărturie împotriva soțului ei. A urmat haosul, dar Matlock a reușit să scoată cazul din tribunal."

„Ah, acel Matlock. Regulile s-au schimbat de atunci. În Canada de astăzi, soția poate fi citată să depună mărturie, dar nu trebuie să dezvăluie nimic. Nu și dacă s-a întâmplat în perioada în care erau căsătoriți. Este cunoscut sub numele de privilegiul marital, secțiunea 4, Canada Evidence Act."

„Interesant, într-adevăr", a spus Abe. „Cum funcționează cu copiii? Poate fi obligat un părinte să depună mărturie împotriva unui copil sau viceversa?"

„Au existat o mulțime de discuții pe această temă de-a lungul anilor."

„Și ce spune legea?"

Travis s-a dus la bibliotecă și a răsfoit-o până a găsit ceea ce căuta. „Este dreptul fundamental al unui copil de a fi ascultat în orice precedent. Acesta este articolul 12, din Convenția Națiunilor Unite privind drepturile copilului. Ratificată în 1991". A închis cartea și a pus-o deoparte. „Alte întrebări?"

„Nu, vă mulțumesc pentru timpul acordat." Abe s-a ridicat și a întins mâna.

„Ținem legătura", a spus Travis.

Abe s-a îndreptat spre casă. Prioritatea lui numărul unu era să aibă pe cineva care să aibă grijă de soția lui după ce el ar fi plecat. Aproape de casă, se întreba dacă sergentul Miller avea vreo veste de împărtășit. În această situație, nicio veste nu era o veste bună. Ajuns în sfârșit acasă, a intrat.

CAPITOLUL 21

SGT. MILLER LA SECȚIA DE POLIȚIE

Sergentul Miller privea cum bărbați și femei în cătușe defilau în secție. Se simțea ca și cum s-ar fi aflat în mijlocul unui reality show prost.

„A fost o petrecere?", l-a întrebat pe ofițerul care l-a arestat.

„Da, o petrecere de stradă în partea de est. Droguri și alcool peste tot."

O femeie i-a atras atenția, în timp ce el semna un formular. Era blondă, cu o fustă vizibil prea scurtă și prea mult machiaj. I-a aruncat un sărut. El i-a întors spatele. *Mai bine un cadavru decât o mamă ca asta.*

S-a întrebat dacă era mai bine orice mamă decât niciuna. Era ca și întrebarea dacă un copac cade într-o pădure, îl aude cineva? În teorie nu existau răspunsuri corecte, dar în realitate - nicio mamă nu putea fi mai bună decât câteva pe care le întâlnise.

S-a întors la birou exact la timp pentru rezultatele scanării amprentelor femeii de pe lespede. Desigur, era în baza de date, dar nu fusese întotdeauna o localnică. Era din Quebec. Se întrebă ce făcea în oraș. A continuat să caute informații și a găsit un raport de persoană dispărută. Da, era femeia de pe lespede. A răsfoit dosarul, verificând trecutul ei. Apoi l-a sunat pe unul dintre prietenii lui din Montreal. Unul dintre tipii care nu se supărau să discute în engleză - și l-a pus la curent cu detaliile.

„Tocmai a fost găsit cadavrul unei femei, pe baza unui raport de persoană dispărută depus la biroul dumneavoastră, este vorba despre Marie Levesque", a spus Miller.

A fost liniște la celălalt capăt al firului, înainte ca biroul LaPlante să întrebe: „Cauza morții?"

„Gâtul i-a fost tăiat, dar încă nu s-a stabilit dacă aceasta a fost cauza morții."

„Îl voi anunța. Lucrează cu Poliția Provincială din Ontario."

„Este un ofițer local? Pot lua legătura cu el dacă preferați. Spune-i tot ce vrea să știe și unde să vină să identifice cadavrul. Pot fi acolo cu el dacă vrea. Dacă nu are rude aici."

„Ea era tot ce avea," vocea lui LaPlante se clătină. „El lucra sub acoperire."

Miller a ezitat. „Ar putea această crimă să aibă vreo legătură cu investigațiile lui? I-a fost descoperită acoperirea?"

„Uh, nu știu. Voi alerga până la stâlpul de steag aici. O să aflu tot ce pot, iar tu fă același lucru din partea ta. Ai legături în OPP?"

„Sigur că da, voi fi discret."

„Mulțumesc, Alex."

„Cu plăcere."

Miller a închis, dar a ținut telefonul lipit de ureche. Și-a frecat bărbia în locul unde obișnuia să-i fie barba. Îi lipsea barba aia, dar soției lui sigur nu-i lipsea.

Cel puțin nu era vorba de mama micuței Katie, dar tot era o crimă. Cu OPP implicată, lucrurile în oraș ar putea deveni un pic mai complicate. A format numărul lui Abe și a așteptat să sune de câteva ori.

***

„Bună Abe, sunt sergentul Miller, Alex la telefon."

„Alo."

„Am sunat doar să văd ce face Katie?"

„Da, Katie se acomodează bine", a confirmat Abe.

„Vreo veste despre mama ei?"

„Avem câteva piste, dar nimic sigur."

„Pot să vă ajut?"

„Am dori mai multe informații despre ea, cum ar fi numele ei de familie."

„Este Walker, am aflat asta vorbind cu unul dintre vecinii ei."

El s-a așezat. „Când?"

„Sâmbătă. În timp ce El a dus-o la cumpărături pentru necesități și m-am dus să arunc o privire."

„Bănuiesc că doamna Walker nu era acasă?"

„Nici urmă de ea sau de altcineva. Am avut o discuție cu vecinii."

„Te-ai prefăcut că ești unul dintre noi, adică un polițist?"

„Eu? Nu cred că aș putea face asta, sunt mult prea scund", a spus Abe. Amândoi au râs. „Nu-ți face griji, am fost discret."

„Vrei să ne spui ceva pertinent?"

„Uh, păi, mulți bărbați. Un vecin a spus că era ca și cum casa avea o ușă rotativă. A spus că mama era subiect de discuție pe stradă - și nu într-un mod pozitiv."

„Interesant. Ați simțit animozitate sau ceva apropiat de un motiv?"

„Nu, deloc. E băgăcioasă și plictisită - dar nu probabil o criminală. Femeia cu care am petrecut cel mai mult timp era atașată de Katie. I-a văzut ieșind din casă. S-a întrebat de ce își aducea păpușa la școală. Nu i-a văzut niciodată întorcându-se acasă. Părerea mea a fost că femeia asta știe tot ce se întâmplă, pe stradă, cu toată lumea."

„Bine, Abe, mulțumesc că m-ai anunțat. Stai departe de zonă acum, totuși, lasă investigarea pe seama noastră."

„Uh, dacă tu și ofițerii mergeți la casă, aș vrea să vin și eu cu voi, dacă se poate."

Miller a respirat adânc și audibil. „Nu este procedura standard, să aduci un civil și va dura ceva timp să obținem un mandat. Probabil că va trebui să spargem ușa."

„Tot mi-ar plăcea să fiu acolo. Promit să nu încurc - iar vecinii m-au văzut, mă cunosc."

„Fiind vorba de tine, cred că pot face o excepție dacă promiți să rămâi în vehicul până îți spun eu altfel. Te voi suna după ce voi solicita mandatul și o echipă care să vină cu tine. Dacă ești gata, ni te poți alătura. Dacă nu, ne vom îndrepta spre reședința Walker fără tine. Clar?"

„Sută la sută", a spus Abe, zâmbind la telefon. A închis, apoi s-a întors spre soția lui, care era ocupată cu perierea părului lui Katie: „S-ar putea să trebuiască să ies imediat ce sună telefonul."

„Are asta vreo legătură cu Katie?" a întrebat Benjamin. Se uitase la televizor.

Abe s-a apropiat de el și i-a șoptit: „Era sergentul Miller la telefon. Nu au nicio veste sigură."

„Pot să vin și eu?" a întrebat Benjamin.

„Nu este necesar, dar mulțumesc", a spus Abe. Și-a coborât vocea până la o șoaptă: „Sergentul Miller nu voia să vin și eu, dar am insistat. Între noi doi, vom investiga casa ei."

„Bine, anunță-mă ce găsești. Între timp, mă voi descurca eu aici. Poate o scot pe Katie la aer curat." Benjamin s-a ridicat în picioare și a spus: „Are cineva chef de o plimbare?"

„Eu!" Katie a guițat.

„Și eu!" A spus și El.

Au plecat și Abe s-a așezat lângă telefon așteptând apelul sergentului Miller.

CAPITOLUL 22

VERIFICAREA LUCRURILOR

Miller l-a informat pe șeful poliției cu privire la situația lui Katie. În timp ce aștepta mandatul de percheziție, a organizat doi ofițeri care să îl însoțească. L-a sunat pe Abe: „Vom fi la tine în zece minute, ești gata de plecare?"

„Zece-patru", a răspuns Abe.

Ofițerii au chicotit în spatele lui Miller.

„Este un om bun", a spus Miller, în timp ce împingea pedala de accelerație până la podea.

Abe era extrem de încântat să facă parte din operațiune. A zâmbit când mașina de poliție a oprit în fața casei. Miller a coborât și i-a înmânat o vestă antiglonț pe care și-a pus-o pe sub tricou.

În timp ce făcea acest lucru, Miller i-a făcut cunoștință cu ofițerii Belago și Rippon. El le-a strâns mâna. A vrut să le arate că Abe Julius nu era un laș.

Abe s-a mișcat să meargă pe bancheta din spate, dar cei doi ofițeri i-au cedat trecerea ca să poată intra în față. „Și nu, nu te poți juca cu sirena", a spus Miller. Ofițerii au chicotit.

Miller avea un picior un pic mai avansat și un ofițer din spate a spus asta. El a râs. „Sunt în continuare șeful tău, chiar și cu un civil pe scaunul din față. La casă, noi trei vom intra. Abe, așa cum am convenit, tu vei rămâne în mașină".

„Da, înțeleg, dar anunță-mă dacă ai nevoie de ajutorul meu."

„Uh, da." Apoi, aruncând o privire în oglinda retrovizoare: „Odată ce vom fi în băieți, vom arunca o privire rapidă în jur. Ca de obicei, puneți-vă mănușile și nu uitați să nu atingeți sau să mișcați nimic.

„Așa cum am discutat, o fotografie a mamei și a fiicei ar fi utilă. De asemenea, căutați una cu tatăl în ea."

Abe se mișcă în scaunul său. I-ar fi plăcut să aibă ocazia să mai bea o ceașcă de ceai și să discute cu vecinul băgăcios.

„O să las radioul pornit când intrăm, ca să poți asculta niște melodii."

S-au oprit la o intersecție blocată. O tamponare între mai multe vehicule bloca traficul. Miller a aprins lumina roșie cu sirena și a despărțit drumul, după ce a întrebat dacă toată lumea era bine.

„Vrei să-mi împrumuți asta cândva?" a întrebat Abe, coborând geamul.

Toată lumea a râs în timp ce Miller a spus: „În niciun caz".

„Suntem aici", a spus ofițerul Belago.

Miller a dat volumul mai tare la radio. „Totul e pregătit, Abe. Tu rămâi aici şi stai cuminte.”

„Voi proteja vehiculul”, a spus Abe.

Sgt. Miller şi-a pus mănuşile. „Să mergem, băieţi.”

***

Sergentul Miller a bătut primul la ușă, apoi a sunat la sonerie, în timp ce ofițerii Rippon și Belago stăteau cu ochii în patru. Când nu a răspuns nimeni, Rippon a înconjurat partea dreaptă a casei, în timp ce Belago a acoperit partea cealaltă. Ei s-au întors în câteva momente.

„Totul e liber", a spus Belago.

„Totul e liber, șefu'."

„Bine, să vedem dacă putem intra fără să spargem ușa", a spus Miller.

Belago a scos uneltele din portbagajul mașinii. Au forțat încuietoarea în cel mai scurt timp.

Miller și-a băgat capul înăuntru și a strigat: „Alo? E cineva acasă?"

N-auzind nimic, au intrat cu armele pregătite. Singurul sunet era bâzâitul frigiderului. Miller a deschis ușa și l-a găsit plin cu mâncare, condimente și câteva sticle de vin destupate.

„Nu arată ca cineva care și-a planificat o călătorie", a presupus el.

Belago și Rippon au investigat parterul.

„Totul este curat și securizat", a raportat Belago.

Pe mantaua șemineului din camera de zi erau expuse fotografii de familie. „Ia-o pe asta", a spus Miller, arătând spre o fotografie cu o fetiță și un bărbat. Abe nu menționase un tată. De fapt, vecinul îi spusese lui Abe că în casă era o ușă rotativă de bărbați. Atunci cine era bărbatul din fotografia cu Katie? După ce s-a uitat la toate fotografiile expuse, a fost surprins că nu existau fotografii cu mama și fiica.

Ofițerii îl urcară pe Miller pe scările cu mochetă scârțâitoare.

„Alo, Poliția!" a strigat Miller, cu arma îndreptată înainte și pregătit pentru orice. Orice, în afară de ceea ce îi asalta nasul. Mirosul de neuitat al morții.

Ofițerii s-au înecat involuntar, în timp ce își continuau drumul spre capătul scărilor. Acum, pe palier, duhoarea era insuportabilă.

În contrast cu duhoarea, prima cameră din dreapta era o cameră de copil, toată îmbrăcată în roz, cu volane pe pat și tapet înflorat.

Pe măsură ce continuau, mirosul se înrăutățea și ochii li se umpleau de apă. „Nu arată bine, șefu'", a spus Belago, apoi și-a ținut respirația.

„Nici aici nu miroase grozav", a răspuns Miller în timp ce se îndrepta spre camera de la capătul coridorului.

S-a dovedit a fi dormitorul principal, cu ușa larg deschisă, iar înăuntru, în pat, era un om mort.

Și nu era orice om mort. Era bărbatul pe care tocmai îl văzuseră la parter, în fotografia de pe șemineu, cu fetița.

Era sub pătură, dar trunchiul și partea inferioară a corpului arătau ciudat sau, mai exact, erau aliniate ciudat. În poziție verticală, dar nu dreaptă. A aruncat păturile înapoi.

„Iisuse", a spus ofițerul Belago observând că bărbatul stătea lângă el.

„De ce s-ar așeza cineva așa după ce l-a tăiat în două?" a întrebat Miller.

„Nu este sânge aici", a observat Rippon, «și nici o urmă însângerată».

Vârtejuri cărnoase emanau din ambele jumătăți ale trunchiului.

„Rigor mortis s-a instalat, explică poziția - oarecum", a spus Miller. „O să anunț, voi doi căutați arma." Apoi a vorbit din nou la telefon.

„Da, sunt sergentul Miller. Avem nevoie de o echipă completă de criminaliști aici. Și întăriri pentru a securiza proprietatea. De asemenea, medicul legist, o ambulanță, un sac pentru cadavre. Oh, și spune-le să nu folosească sirenele - nu vrem ca tot cartierul să iasă să vadă spectacolul. Da, zece patru."

„Șefu', am găsit ceva", a sunat Belago din capătul holului.

Baia era o mizerie însângerată. În cadă: un ferăstrău cu lanț. Se turnase înălbitor pe ea, pentru a masca mirosul de sânge.

„Cu siguranță a fost tăiat aici", a spus Rippon, acoperindu-și nasul cu dosul mâinii.

„Înălbitor, sânge și odorizant de aer, o combinație letală", a spus Miller, luptându-se cu un oftat.

A sunat din nou: „Spune echipei de criminaliști să vină în echipament complet". Apoi către ofițeri: „Să vedem ce dovezi putem strânge înainte să sosească ceilalți."

„Cum rămâne cu prietenul tău din mașină?"

„Va sta pe loc, până îi spun eu altfel."

„Nu e genul curios?" A întrebat Belago.

„E curios în regulă, dar știe când să tragă linie."

CAPITOLUL 23

CADAVRUL

S-au întors în camera cu cadavrul când a sunat telefonul lui Miller. Era șeful poliției care cerea mai multe detalii despre bărbatul ucis. „Este mort de câteva zile, în jur de 30 de ani, bărbat, caucazian."

„Ai idee cum a murit?"

„Da. Am găsit un fierăstrău în baie. A fost dezmembrat acolo, apoi mutat în două părți în pat. S-au chinuit mult să dreneze mai întâi cadavrul și să pună segmentele sub păturile de pe pat. Era ca și cum stătea lângă el însuși."

„Sună ca cineva cu un ciudat simț al umorului."

„Aici locuiesc o mamă și un copil. Tipul ăsta era într-o poză pe șemineu cu micuța Katie. Nu văd cum o femeie ar fi putut face lucrul ăsta, fără ajutor."

„Sună ca o treabă pentru două persoane, cel puțin. Pune-mă la curent când te întorci la secție."

„Așa voi face", a spus Miller, apoi s-a deconectat.

„Sergent", a șoptit Rippon, «tipul ăsta îmi pare cunoscut».

„Era în poza de jos."

Miller a râs. „Sunt de acord, chiar arată ca cineva. Poate face parte dintr-o familie importantă?"

„Alo!", a strigat o voce de femeie de la parter.

„Iisuse, cine e asta?" a întrebat Miller, ieșind în capul scărilor.

Femeia din foaier corespundea descrierii „vecinei băgăcioase" cu care Abe spusese că vorbise. El s-a aplecat peste balustradă.

„Vă rog să părăsiți imediat incinta."

Ea nu s-a mișcat, de parcă picioarele îi erau cimentate în loc. A început să bolborosească: „Sunt atât de îngrijorată pentru fetița aia, săraca."

El a început să coboare scările, „Trebuie să pleci."

Ea a sărit.

„Mulțumesc pentru grija ta, dar trebuie să pleci, acum." El a condus-o afară din casă și pe peluza din față. S-a uitat la Abe, întrebându-se de ce nu a oprit-o să intre, apoi și-a amintit că îi dăduse vechiului său prieten instrucțiuni precise să rămână cu mașina, indiferent de situație.

Miller s-a întors în casă și a încuiat ușa din față după el. Coborâse la sosirea echipei de criminaliști și a celorlalți și îi lăsase să intre, mai degrabă decât să riște ca vreunul dintre ceilalți vecini să se aventureze înăuntru.

Judy Smith a sforăit în batistă pe peluza din față, apoi l-a zărit pe Abe în mașină. I-a făcut cu mâna, iar el i-a răspuns cu mâna.

Apoi a traversat strada până în curtea din față a casei sale și a rămas acolo cu gura căscată.

✳✳✳

Nu a durat mult până când mai multe vehicule au umplut aleea și s-au aliniat pe străzi.

„Nu e nimic de văzut aici", i-a spus unul lui Judy Smith.

Abe privea tot ce se întâmpla în jurul lui, murind de nerăbdare să afle ce se întâmpla. Ce găsiseră înăuntru? Mama lui Katie era moartă? Luaseră o targă pentru cineva. Poate că era rănită? Iar Judy Smith intrase direct în casă, curajoasă ca arama. Dacă ar fi putut să iasă și să pună întrebări.

A continuat să privească cum au izolat proprietatea cu banda galbenă pe care o văzuse doar la televizor. Și echipa de oameni care a intrat purtând măști și mănuși - erau criminaliști. Îi văzuse și pe ei la televizor.

Simțindu-se ca o coacăză, a fost bucuros când Miller s-a urcat din nou în mașină.

Au plecat mai departe - pe tot parcursul călătoriei Miller nu a scos niciun cuvânt. Nici măcar un la revedere când Abe a coborât din mașină.

***

Pe drumul de întoarcere spre casa Walker, Miller a trecut în revistă ceea ce știa. Era recunoscător că Abe nu-l asaltase cu întrebări.

Când a parcat pe strada din fața casei, a coborât din mașină. A observat o schimbare de perdea, s-a întrebat dacă acolo locuia vecinul băgăcios. A bătut la ușa din față și și-a arătat insigna.

„Sgt. Miller", a spus el. „Îmi pare rău pentru mai devreme, dar civilii nu au voie la locul crimei."

„Înțeleg", a spus ea. Apoi s-a apropiat, „Nu pierd niciodată un episod din CSI și am citit fiecare roman Agatha Christie."

El a zâmbit. „Te superi dacă îți pun câteva întrebări?"

„Nu, aș fi fericit să te ajut. Sunt acasă tot timpul cu probleme de mobilitate. Intră și ia loc." El a urmat-o în camera de zi. Scaunul ei era pe jumătate îndreptat în direcția televizorului și pe jumătate în direcția străzii. Camera mirosea slab a țigări și VapoRub. În loc să se așeze pe scaun, femeia corpolentă s-a lăsat jos.

Miller a lăsat-o să se așeze, apoi a întrebat-o: „Când ați văzut ultima oară pe cineva venind sau plecând din casa de peste drum?"

Ea și-a împreunat mâinile și le-a pus în poală. „Vineri dimineață, fetița și mama ei au plecat, mai târziu decât de obicei."

„Katie este numele ei, nu-i așa? Iar mama ei este Jennifer?"

„Da, este corect. Și trăgeau după ele acea păpușă."

„Altceva despre doamna Walker? Am auzit că s-a întors la casă, după ce a ieșit, dar fără copil."

„Nu din câte am văzut eu." Ea s-a oprit. „Oh, dacă mă gândesc bine, am făcut un duș rapid." A ezitat, apoi s-a apropiat și a șoptit: „Nu sunt genul care să spună povești, dar un lucru pe care l-am observat la doamna Walker a fost că în dimineața aceea purta o perucă. M-am gândit unde naiba se duce femeia aia cu fetița ei îmbrăcată în sandalele alea strălucitoare, cărând o păpușă într-o zi de școală? M-am gândit că poate o ducea să arate și să spună, dar asta e doar pentru copiii mai mici." Ea a ezitat.

S-a uitat pe fereastră, în timp ce trecea o mașină, apoi a continuat. „Și ea îmbrăcată așa și purtând o perucă? Nimic din toate astea nu avea sens. Și eu eram acolo, gândindu-mă la biata fetiță.

„Am locuit pe această stradă toată viața mea de adult și am văzut o mulțime de lucruri ciudate. Aș avea nevoie de mult timp ca să vi le spun pe toate." A tras adânc aer în piept. „Dar pe tine nu te interesează toate astea, pe tine te interesează Walkerii. Lasă-mă să-ți spun doar că, în acea dimineață, a fost prima dată și, probabil, ultima oară când am văzut un trio atât de neobișnuit plimbându-se pe strada noastră."

„O perucă, eh?" Aceasta era o informație nouă. El și-a scos pixul și hârtia.

„"Da, a fost ciudat. Pe lângă perucă, Katie purta sandale, nepotrivite pentru școală. De ce, când băieții mei mergeau la școală, asemenea sandale nu ar fi fost permise. Erau reguli de urmat. Totul se schimbă, întotdeauna în rău." A pufnit. „În plus, copilul acela se străduia să țină pasul, abia ieșiseră din casă și avea păpușa aia în brațe."

„Dar cu o zi înainte, ai văzut sau ai auzit ceva?" Îi cunoștea genul. Abe avea dreptate. Judy Smith nu avea nimic mai bun de făcut decât să-și bage nasul în treburile altora. Nu era chiar o calitate pe care o căuta la un prieten sau la un vecin, dar în cazul ăsta, ea ar putea deveni singura lui pistă.

Se gândi la asta. „Cu o zi înainte, nimic. Nimeni nu a venit sau a plecat." A ezitat. „Cu o zi înainte de asta, totuși, îmi amintesc ceva. Vrei o ceașcă de ceai?" Și-a întors puțin corpul pentru a privi o pisică care trecea pe lângă ea.

„Nu, mulțumesc", a spus el. „Vă rog să continuați."

„Joi, am fost afară să iau viermi pentru fiul meu."

El și-a ridicat privirea de la blocnotes.

„Fiul meu pescuiește în ziua lui liberă. Doctorul spune că e în regulă, eu adunând viermi."

El a dat din cap. „Doar faptele, te rog." Își dorea atât de mult ca ea să ajungă la subiect.

„Am auzit țipete și voci ridicate."

El s-a așezat, acum interesat din nou. „Ale unei femei? A unui copil?"

„O femeie, da. Și un bărbat."

El a dat din cap ca ea să continue.

„Am terminat de luat viermii și totul s-a liniștit. M-am întors înăuntru."

„Ai idee cine era bărbatul sau când a sosit?"

Ea s-a încruntat. „Oamenii veneau și plecau în acea casă. Aș avea nevoie de o listă extinsă pentru a ține evidența." A luat un roman de hârtie și s-a aerisit. „Oh, îmi mai amintesc ceva. Tocmai mi-a venit în minte. Vineri, în jurul prânzului, când s-a întors - doamna Walker, o mașină o aștepta. Ea a lăsat-o să intre în garaj."

„Apoi ce s-a întâmplat?"

„Am adormit. Uneori dorm aici, în fotoliul meu. Dar l-am auzit, distinct - un sunet dronant. Ca o mașină de tuns iarba, sau."

„Un fierăstrău?"

„Ar fi putut fi un fierăstrău."

„Oh", a spus el. „Ați văzut vehiculul plecând?"

„Nu." Ușa din față s-a deschis brusc, apoi s-a trântit. „Charlie?", a strigat ea. Charlie era fiul ei șofer de taxi și, după prezentări, ea l-a pus la curent cu conversația.

„Am venit acasă pentru prânz vineri după-amiază", a spus el. „Mama ațipise în scaunul ei, dar sunetul a trezit-o. L-am auzit când veneam de la mașină. Cu siguranță mi s-a părut a fi un fierăstrău electric."

„Sunteți amândoi siguri de oră?”

Au dat din cap.

La etaj, Miller a auzit un scaun lovindu-se de podea. „Mai este cineva în casă?”

Pentru prima dată, femeia părea nervoasă și își strângea mâinile în timp ce vorbea. „Da, este celălalt fiu al meu. Urc într-un minut!” a strigat ea, fără să încerce să se ridice.

Un sunet, ca cel al unui animal rănit, a răsunat prin casă. După două încercări, ea era în picioare. „Se spune că nu e în regulă la cap, dar e totuși fiul meu.”

„E în regulă, mamă”, a spus Charlie, bătând-o pe braț în timp ce trecea pe lângă ea.

„Mi-ar plăcea să-l cunosc”, a spus Miller.

„Sigur că da - urcă”, a spus Judy, în timp ce urca prima scară ținându-se de balustradele de pe ambele părți. Miller venea din spate. Când a ajuns în vârful scărilor, a bătut ușor înainte de a intra. „Avem un oaspete care vrea să te vadă, dragă, este polițist.”

Miller s-a strecurat înăuntru și i-a întins mâna bărbatului - care nu i-a întors favorul. În schimb, stătea cu degetele mâinii drepte pe tastatura unui mic laptop. Bărbatul s-a uitat pe fereastră, în timp ce trecea o mașină și a făcut clic pe tastatură.

El a traversat camera pentru a se uita mai de aproape. Bărbatul tasta numărul de înmatriculare al mașinii de poliție de afară. Nu doar mașina, ci fiecare vehicul pe care îl putea vedea. „Sunteți interesat de vehicule sau de numerele de înmatriculare?”, l-a întrebat el.

„Nu, nu, nuuuu!", a strigat el, lovindu-se cu ambii pumni în părţile laterale ale capului.

„Gerald, încetează cu asta!", a spus mama lui, apucându-i ambii pumni, apoi, după ce s-a liniştit, l-a sărutat pe frunte şi i-a dat drumul. „Bărbatul drăguţ îşi arăta doar interesul pentru munca ta."

Gerald bătea la tastatură.

„Acum plecăm, să nu mai fii nepoliticos şi s-o faci de râs pe mama ta. Continuă-ţi munca excelentă." Ea a închis uşa în urma lor. Pe scări a spus: „Are probleme."

„Nu avem toţi", a răspuns Miller. Acum, înapoi în sufragerie, Charlie nu mai era acolo.

A aşteptat ca ea să se aşeze, înainte să se aşeze şi el. „Ai numit ceea ce făcea el muncă, ce ai vrut să spui?"

„Ai auzit vreodată de termenul hexakosioihexekontahexafobie sau triskaidekaphobie?" a întrebat ea.

„Mă tem că nu. Dar fobia iese în evidenţă. El are fobii, despre ce este vorba?"

„Îi este frică de numere precum şaizeci şi şase şi treisprezece. Nu există nici o rimă sau motiv de ce. Când s-a întâlnit cu un psihiatru, ea i-a sugerat să ţină o evidenţă a literelor sau a numerelor. Înregistrează numerele de înmatriculare, acestea sunt cel mai uşor de văzut pentru el, deoarece se află în camera lui în cea mai mare parte a timpului."

„Ar putea fi benefic pentru noi, să vedem ce a înregistrat. De cât timp face asta?"

„De ani de zile, și da, asta ar putea fi aranjat, dacă ar ajuta."

„Nu știu dacă știți, dar Jennifer Walker a dispărut. Orice informație despre veniri și plecări ar fi de ajutor."

I-a înmânat cartea lui de vizită. „Aici este adresa mea de e-mail. Dacă îmi puteți trimite fișierul, nu trebuie să fie aranjat sau frumos. Îi voi lăsa pe oamenii mei să se uite prin el și să vadă dacă este ceva ce putem folosi."

L-a condus la ușă și i-a făcut semn la revedere. În timp ce pleca, Miller a văzut perdelele de la etaj deschizându-se puțin, apoi închizându-se din nou.

Tânărul de la etaj avea o comoară de informații. Posibil o evidență a tuturor numerelor de înmatriculare ale fiecărui vehicul care a ajuns vreodată pe stradă.

Se întreba dacă vecinii știau că mașinile lor și ale oaspeților lor erau marcate. A zâmbit. Dacă ar fi știut, cu siguranță nu le-ar fi plăcut - și probabil că era împotriva tuturor legilor existente privind viața privată. Totuși, avea o crimă de rezolvat și o femeie dispărută de găsit - și ar fi folosit orice mijloc pe care ar fi pus mâna pentru a găsi cauza principală.

În timp ce se întorcea la secție, se gândea la cât de ușor i-a fost lui Abe să-l găsească pe vecinul băgăcios. Avea instincte bune și se prinsese repede, iar el era pentru prima dată când vizita cartierul. Era o evaluare corectă, că toți vecinii știau de obiceiul lui Judy Smith de a-și băga nasul în viața lor. Oare de aceea cel care tranşase cadavrul îl lăsase acolo, sub pătură, în loc să se descotorosească de el?

S-a întors la secție. Oricât de mult ar fi încercat, nu putea să-și scoată din nări mirosul urât al morții. Își verifică e-mailul, încă nimic de la femeia Smith.

Fără mesaje sau informații noi pe care să le urmărească, a mers la morgă. Dacă nu altceva, îi putea pune la curent cu ultimele informații - Jennifer Walker purta o perucă. Acum va trebui să lărgească aria de căutare.

Nu mai putea face mare lucru până nu-l identificau pozitiv pe mort. Își dorea să-și amintească unde îl văzuse. Amintirea nu era la îndemână.

Un singur lucru știa sigur: omul nu făcea nimic bun.

CAPITOLUL 24

ABE ȘI EL

Când s-a întors acasă, Abe s-a dus direct în biroul său. Avea nevoie de timp singur pentru a procesa tot ce văzuse.

„Cioc, cioc", a spus El, când a intrat. „Pari tulburat, iubire", i-a masat ea ușor umărul soțului ei.

„Mă gândeam", a spus el, îndreptându-se pe scaun. El a continuat să-i maseze umerii, apoi mâinile ei s-au mutat la gâtul lui.

Când degetele au început să o doară, ea a întrebat: „Vrei o ceașcă de ceai fierbinte?"

Abe s-a ridicat. „Mi-ar plăcea, dar o să mi-o aduc singur." A ieșit din birou.

El a rămas în urma lui: „De ce să nu-ți fac eu una? Mi-ar prinde bine și mie o ceașcă de ceai."

„Nu, lasă-mă pe mine", a spus Abe în timp ce se apropiau de bucătărie. El l-a urmat îndeaproape pe urmele lui.

„Vrei să nu te mai agiți!" a spus Abe, ceva mai tare decât se aștepta.

„Este totul în regulă?" a întrebat Benjamin.

El a spus: „Totul este bine. Ne hotărâm cine face o ceașcă de ceai mai bună. Până acum Abe crede că câștigă. Acum, întoarceți-vă să vă uitați la meci."

Benjamin și Katie s-au plictisit de televizor, l-au oprit și s-au apucat să joace un joc de dame.

„Nu mă lăsa să câștig de data asta!" a spus Katie.

„Niciodată!" a spus Benjamin, peste clinchetul și ciocnitul ceștilor și farfuriilor din bucătărie.

Câteva clipe mai târziu, El și-a scos capul în sufragerie. „Cine câștigă?", a întrebat ea.

„Shhh", a spus Katie. „Se concentrează."

Benjamin a zâmbit.

„E o zi frumoasă și însorită afară și cred că ar trebui să ieșiți să luați puțin aer proaspăt. Sau poate, să loviți o minge!"

„Asta e o idee inteligentă. Haideți!" a spus Benjamin.

„Spune asta doar pentru că eu câștig!" a răcnit Katie, în timp ce îl urma pe ușă și intra în grădina din spate.

Din dulapul cu băuturi alcoolice din colțul aceleiași încăperi, El a turnat într-un pahar un shot din scotch-ul de cincizeci de ani preferat al lui Abe. A adăugat un strop de sifon. L-a dus la el.

„M-am gândit că poate ceva mai tare ți-ar putea calma nervii."

El a zâmbit și i-a mulțumit, atingându-i mâna. „Îmi pare rău, El."

Ea l-a sărutat pe frunte, apoi s-a dus la fereastra bucătăriei care dădea spre grădină. El a râs și curând

Abe i s-a alăturat. Împreună i-au privit pe cei doi copii alergând și jucându-se în grădină.

Abe a băut câteva înghițituri și s-a relaxat, sperând că sacul cu cadavre pe care îl văzuse la casă nu conținea cadavrul mamei lui Katie, Jennifer Walker.

CAPITOLUL 25

SGT. MILLER

Miller a ajuns la morgă și a avut o scurtă discuție cu șeful secției de patologie medico-legală, J. T. Patterson, care a trebuit apoi să îl părăsească pentru a se ocupa de o identificare.

Câteva clipe mai târziu, tehnicienii de la autopsie au sosit cu sacul pentru cadavre din casa Walker. Era atașată o fișă de identificare și un container marcat cu Efecte personale. Un fotograf a făcut fotografii în timp ce sigiliul era îndepărtat. Apoi cadavrul a fost așezat pe masa de examinare. Miller nu le-a stat în cale, în timp ce cadavrul era despachetat de dienriști.

Patterson a reintrat în cameră și l-a tras deoparte. „Un ofițer OPP este sus, în camera de examinare. Tocmai a identificat cadavrul soției sale.”

„Levesque?” a întrebat Miller.

„Da, îl cunoașteți?”

„Nu, dar eu sunt cel care a raportat cadavrul și pe baza informațiilor pe care le-am văzut în baza de date am crezut că este ea.”

„V-ar deranja să aveți o discuție cu el? De acolo de sus vei putea vedea tot ce se întâmplă aici jos. Va dura ceva timp până când vom începe autopsia."

„Sigur."

„Odată ce vom începe, nu ezitați să puneți întrebări. Vom fi capabili să vă auzim și să vă răspundem, deși răspunsurile noastre s-ar putea să nu fie imediate. Prioritatea noastră este corpul persoanei."

„Și pe bună dreptate", a spus Miller. Apoi a părăsit camera, oprindu-se scurt pe drum pentru a lua o ceașcă de ceai fierbinte de la automat. I-a înmânat-o lui Levesque, s-a prezentat și apoi a spus: „Îmi pare rău pentru soția dumneavoastră."

„Merci. Ea a fost totul pentru mine, mon monde entier. Nici copiii noștri nu au supraviețuit. Asta i-a frânt inima. De aceea ne-am mutat aici, pentru o schimbare de peisaj și pentru a o lua de la capăt." Și-a stăpânit un plâns, apoi a luat o înghițitură din ceaiul fierbinte. „Bine", a spus el.

„Îmi pare foarte rău."

„Mulțumesc."

Miller și Levesque au stat unul lângă altul în timp ce personalul de jos se pregătea să înceapă autopsia.

„Putem merge în altă parte?" a spus Miller.

„Nu, asta nu e soția mea. Eu sunt bine."

Patterson s-a întors în camera de autopsie de dedesubt, îmbrăcat într-un costum de spălare, semn chirurgical, mănuși și cizme negre înalte. Miller și Levesque îl priveau cum lua probe și le punea în containere care erau, apoi puse în cabinete de biosecuritate.

Când se părea că au terminat, Miller a întrebat: „Uh, ce știți până acum?"

„Mulțumesc pentru așteptare", a spus Patterson. „Pe baza vânătăilor din jurul nasului și gurii și a stării injectate cu sânge a ochilor săi, moartea prin sufocare este foarte probabilă. Totuși, trebuie să așteptăm ca mostrele de sânge să se întoarcă de la laborator pentru a confirma acest lucru."

„Deci, era mort, înainte de a fi tăiat în două?"

„Aș spune că da", a confirmat Patterson.

„Îl cunosc pe acest om", a spus Levesque, aproape vărsându-și ceașca de ceai pe care o așezase acum pe pervaz.

Miller s-a apropiat. „Cine este el? Îl recunosc și eu, la fel ca ofițerii mei, dar niciunul dintre noi nu și-a putut aminti unde l-a văzut."

„Numele lui este Mark Wheeler. L-am investigat pe el și pe asociații lui din comerțul cu droguri. Este fiul lui F. D. Wheeler, miliardarul și magnatul media."

Miller își amintea acum; îi întâlnise atât pe tată, cât și pe fiu la evenimente de strângere de fonduri. „Numele Jennifer Walker îți spune ceva?"

„Da, ea a fost ultima lui cucerire - partea lui secundară. Ce s-a întâmplat cu ea?"

„L-am găsit așa în casa ei și ea a dispărut."

„Este suspectă?"

„Categoric. Și fii atent, corpul lui a fost tăiat în două cu un fierăstrău. Poziționat în pat, ca și cum ar fi stat lângă el."

„Sună ca o declarație."

„O declarație făcută de cine? Și pentru cine?"

„Asta nu știu", a spus Levesque.

Miller a adăugat. „Jennifer Walker a avut o fetiță; știați asta?"

„Nu, nu știam. A dispărut și ea?"

„Nu, este în siguranță, dar niciun semn de la mama ei. Și casa aia era un dezastru. Nu se poate întoarce acolo."

Levesque s-a ridicat. „Îmi pare rău să aud asta, dar mă așteaptă la casa funerară. Dacă mă gândesc la ceva care să ajute, o să vă anunț. Vă mulțumesc pentru cuvintele frumoase și pentru ceașca de ceai." A aruncat ceașca goală în coșul de gunoi și a ieșit din cameră.

Patterson, văzându-l pe Levesque plecând, a spus: „Te voi suna când vom ști ceva sigur. Nu are rost să stăm pe aici. Vor trece zile până când laboratorul va primi rezultatele pentru unele lucruri, pentru altele, poate câteva ore dacă avem noroc."

„Mulțumesc."

Miller s-a întors la stație și a tastat numele lui Mark Wheeler în baza de date. Erau o mulțime de informații despre el, atât bune, cât și rele. Dar mai ales rele, pentru că era implicat în traficul de droguri. Și-a petrecut după-amiaza completând rapoarte și a trimis câțiva ofițeri să anunțe rudele cele mai apropiate.

Miller își făcea de lucru prin secție, verificând unde era nevoie de el, când, câteva ore mai târziu, Patterson a sunat. „Tocmai au sosit rezultatele: cauza morții a fost sufocarea. Am avut dreptate - era mort când l-au tăiat în două."

CAPITOLUL 26

CASĂ DULCE CASĂ

Era aproape de miezul nopții. Casa era liniștită, cu excepția unui singur sunet, sunetul picioarelor goale ale lui Abe lovind podeaua de lemn masiv în timp ce mergea înainte și înapoi. Era îmbrăcat în mare parte, în afară de șosete și pantofi. A suspinat, și-a pus mâinile la spate și a mers. Apoi s-a întors și a mers în direcția opusă.

El, în cămașă de noapte, își dădea cu cremă rece pe obraji și pe frunte. Și-a sprijinit perna și a luat de pe noptieră o carte cu poeziile lui Mary Oliver și a început să citească. Chiar dacă Mary era poeta ei preferată, El pur și simplu nu se putea concentra asupra cuvintelor sau ritmului versurilor.

A închis cartea, a tras pătura în sus și și-a privit soțul plimbându-se în sus și în jos. În cele din urmă, ea a întrebat: „Ce s-a întâmplat, iubirea mea?"

Abe s-a oprit pentru o secundă, apoi s-a întors imediat la plimbare.

„Spune-mi. Știi ce se spune despre o problemă împărtășită."

„Nu pot."

El a întors patul și s-a încălțat în papuci. L-a luat pe Abe de mână și l-a așezat la capătul părții lui de pat. A îngenuncheat, legănându-i capul între mâini, apoi a început să-i maseze tâmplele. Abe a rezistat la început, mai ales pentru că era prea obosit, dar curând respirația i s-a calmat. Ea i-a desfăcut nasturii și i-a scos cămașa, apoi a înlocuit-o cu cămașa lui de noapte. A încercat să-i desfacă pantalonii.

„Restul îl pot face singură", a spus Abe, în timp ce își descheia pantalonii și își dădea jos chiloții.

El a luat hainele murdare și le-a pus în coșul de rufe. Când s-a întors, Abe stătea în picioare ca un băiețel așteptând ca mama lui să îl bage în pat.

„Cum dorești", a spus ea, luându-l de mână, pufnindu-i perna, așezându-l sub pătură.

„Mulțumesc, iubire", a spus el, bâjbâind.

El s-a întors în partea ei de pat și și-a scos papucii. S-a strecurat sub pătură, sau a încercat, dar, ca întotdeauna, soțul ei acaparase cea mai mare parte a căldurii.

Și-a mutat liniștită perna, a încercat să se reașeze, dar nu a reușit. În schimb, i-a ascultat respirația schimbându-se, iar apoi a știut că dormea adânc.

Lumina lunii intra prin perdele, aruncând o umbră magică pe partea ei de pat. A ațipit, amintindu-și de ziua în care și-a cunoscut soțul.

Ea și tatăl ei lucrau în afacerea familiei. Ei vindeau țesături din întreaga lume și orice accesoriu pe care puteau pune mâna legat de cusut. Tatăl ei se mândrea cu vânzarea celor mai noi și mai moderne mașini de cusut. Mama ei, de care nu-și amintea nimic, fusese sursa de inspirație pentru magazin. Mama ei murise când o născuse pe sora ei.

Când au început afacerea, ea și tatăl ei făceau cea mai mare parte a muncii. Sora ei ajuta când putea. Cele mai bine vândute și mai căutate țesături erau cele importate din Asia și Europa.

Apoi, într-o zi, a venit un vânzător de țesături: Abe. Tatăl ei îl cunoscuse la o conferință de achiziții din New York. A vorbit foarte frumos despre tânăr, spunând că s-a născut să fie un „mânuitor de țesături".

„Băiatul are un talent", a spus tatăl ei. „Un dar dat de Dumnezeu, să simtă calitatea și să recunoască tendințele înainte ca acestea să devină tendințe în industria textilă."

„De ce nu-l angajăm, tată?" a întrebat El.

„Nu cred că ni-l putem permite. Dar l-am invitat la cină. Poți găti puiul tău special prăjit, biscuiți și piure de cartofi. Putem afla dacă drumul spre inima unui bărbat este într-adevăr hrănindu-l."

Ea râse, dar era încântată să-l cunoască pe acest bărbat nou. Acest Abe, cu darul.

În acea după-amiază, el a sosit la magazin. Ea a bănuit aproape imediat că era el. Avea puțin peste 1,80 m înălțime, era îmbrăcat într-un costum gri care se mulează pe el ca un al doilea strat de piele. Părul său blond era dat pe spate, îngrijit, fără prea mult ulei. Era atrasă de el, ca o albină de busuioc, în timp ce îl privea cum își trecea degetele prin cea mai scumpă selecție de țesături importate.

Tatăl ei a traversat magazinul în întâmpinarea lui. „Bine ai venit, Abraham", a spus el în timp ce își strângeau mâinile. „Aceasta este fiica mea, El."

„Prefer să mi se spună Abe", a spus tânărul.

El a roșit, nu mai auzise niciodată pe cineva să nu fie de acord cu tatăl ei. Chiar și astăzi, când se gândea la acel moment, obrajii i se încălzeau.

Apoi au mai fost și alte momente. Un moment mai puternic, când i s-a făcut pielea de găină pe brațe. A fost o conexiune magică. Erau făcuți unul pentru celălalt. Ca dar de nuntă, tatăl ei le-a dăruit magazinul.

Doi ani mai târziu, tatăl ei a murit, iar sora ei s-a mutat pentru a-și întemeia o familie cu soțul ei. Între timp, ea și Abe au dus afacerea mai departe, prin vremuri foarte grele.

El, care își dorise întotdeauna copii, nu a reușit să rămână însărcinată. După ce s-au făcut teste, s-a confirmat că nu putea concepe. Își făcea griji că îl va dezamăgi pe Abe, dar el nu s-a supărat - sau dacă s-a supărat, nu a lăsat-o să afle. Afacerea a devenit copilul lor.

Apoi, după ce au fost căsătoriți timp de nouăsprezece ani, un tânăr a intrat în magazin. Abe s-a uitat la tânărul care arăta zdrențăros, așteptându-se să fure ceva, gata să cheme poliția.

El a observat: „Uite, și el atinge țesături".

S-au apropiat de băiat, care a izbucnit imediat în lacrimi.

„Vrei o ceașcă de cacao?" a întrebat El.

El a dat din cap și a urmat-o în bucătărie, cu Abe în urmă. Ea i-a făcut o ceașcă de cacao fierbinte cu două felii de pâine prăjită cu unt și s-au așezat împreună la masă.

Băiatul a întins mâna după o felie de pâine, apoi s-a uitat și și-a ascuns mâinile murdare.

„Baia este chiar în capătul holului", a spus El. „Te poți împrospăta acolo."

În timp ce el era plecat, Abe a spus: „Sper că nu ai mușcat mai mult decât poți mesteca, iubire. E evident că e pe fugă. Miroase și - nu ar trebui să sunăm la poliție și să-i lăsăm să afle cine este?"

„E mic și inofensiv. Vezi dacă vrea să ne spună mai întâi despre situația lui. S-ar putea să-l putem ajuta."

„Cu plăcere", a spus Abe când băiatul s-a întors cu mâinile curate și fața sclipitoare de curățenie.

A mâncat întâi pâinea prăjită, apoi a suflat în ciocolata caldă și a înghițit-o. „Mulțumesc."

„Oh, cu plăcere", a spus El. „Vrei să sunăm pe cineva, să vină să te ia? Mama sau tatăl tău?"

El a izbucnit în lacrimi. „Sunt morți."

El s-a dus la el și și-a aruncat brațele în jurul lui, în timp ce el îi explica despre accidentul de mașină, despre plasament, despre tot ce i se întâmplase rău. Mai presus de toate, cum că nu se mai putea întoarce.

„Am un prieten, la secție", a spus Abe. „Ar putea fi de ajutor."

El l-a ținut pe băiat în brațe, în timp ce îl așteptau pe prietenul lui Abe. „E un om bun", a spus ea. „Va ști ce să facă." Băiatul s-a cuibărit în ea.

Sgt. Miller a sosit ceva mai târziu, iar până atunci El îi oferise deja băiatului camera de oaspeți, până când se putea rezolva ceva mai permanent. Așa au devenit o familie.

Acum se bazau unii pe alții și magazinul nu mai vindea țesături. Cu toate acestea, avea în viața ei două persoane care atingeau țesături și cine știe când ar putea fi nevoie din nou de talentul lor. Știa că totul era ciclic.

El s-a uitat în jos la soțul ei care dormea. Și-a sărutat degetul și l-a apăsat pe fruntea lui, cu grijă să nu-l trezească. El a zâmbit, exact când Katie a scos un țipăt pe hol.

CAPITOLUL 27

KATIE

Katie", a șoptit o voce. „Katie."

„Mami, unde ești?"

Fetița și-a frecat ochii, la început incapabilă să-și amintească unde se afla. Ea a aruncat păturile și a pășit pe podeaua rece. Apoi s-a strecurat în cealaltă parte a camerei și a aprins lumina. Acum s-a îndreptat spre fereastră, unde perdelele se agitau.

„Mami, tu ești?"

Orificiul de aerisire din podea de sub fereastră, căldura emanată de acesta, au atras-o ca un magnet. Când a pășit pe gura de aerisire, cămașa ei de noapte s-a umflat în jurul ei, umplându-se cu căldura de la căldură.

„Katie", șopti din nou vocea. „Unde ești, Katie?"

„Vin, mami", a spus ea, încercând să se uite pe fereastră, dar aceasta era prea înaltă pentru a ajunge la ea.

„Te aștept", a spus mama ei. „Te aștept, aici."

Nerăbdătoare să o vadă, copila a căutat ceva pe care să stea. A luat o vază cu floarea-soarelui de pe masă, a târât-o sub fereastră. A împins patul lângă ea. S-a așezat mai întâi pe pat, apoi pe taburet. A desfăcut perdelele. Era întuneric beznă pe strada de dedesubt, în afară de strălucirea felinarelor.

„Mami!" a strigat ea, încercând să deschidă fereastra. Când nu a putut ajunge la încuietoarea de sus, și-a strâns pumnii și a bătut în geam.

„Katie", a șoptit mama ei. „Katie."

„Așteaptă, mami, te rog, așteaptă-mă."

A coborât de pe masă, pe pat, pe podea și s-a dus la raftul cu cărți. A ridicat cu două mâini un suport de carte în forma literei A. L-a așezat pe pat, în timp ce se urca pe el. Apoi l-a așezat pe masă, în timp ce se urca pe ea. A ridicat litera A și a aruncat-o în sticlă.

Sticla s-a spart atât în interior, cât și în exterior, prinzând-o pe ea și zona din jurul ei cu cioburi.

„Mami!", a strigat ea.

Ea încă dormea adânc, tremurând, privind pe geamul spart.

CAPITOLUL 28

EL ȘI KATIE

El și în curând Benjamin s-au îndreptat pe hol spre camera micuței Katie. Când au găsit-o, luminată de lună, într-o minge pe podea, lângă o masă răsturnată. Părul ei blond și cămașa de noapte se mișcau împreună de parcă briza de la fereastră era una cu respirația fetiței. Au observat o baltă de sânge în jurul ei. Ca o fantomă răsărind în noapte, ea s-a ridicat și a strigat: „Mami!"

„Ai grijă, nu o trezi", a șoptit El.

Au privit cum vreascurile din perdele pluteau spre ea. Privirea de pe chipul ei, privirea goală în neant, l-a înspăimântat pe Benjamin. Pentru câteva secunde a uitat să respire.

Umbra lunii plutea deasupra ei. Îi accentua rănile. Era ca și cum ar fi fost pe o insulă, înconjurată de sticlă.

Benjamin a împins-o. „Oprește-te, nu mișca", i-a șoptit El, dar el nu a ascultat. A traversat podeaua și a tras-o pe Katie în brațe. Trupul ei a devenit moale.

El a rămas acolo așteptând, incapabil să se miște de frică șoptindu-i numele.

El s-a întors, ducând trusa de prim ajutor.

El a așezat-o pe pat.

„Pune apă caldă într-un bol pentru mine". El nu s-a mișcat. „Benjamin, apă caldă. Și o cârpă de față și prosoape."

El a dat din cap și a ieșit din cameră, în timp ce El a evaluat situația. Se formase ca asistentă medicală, cu mult, mult timp în urmă, înainte de a-l întâlni pe Abe. Spera să-și amintească ce să facă.

Sunetul picăturilor de sânge, care se împrăștiau pe cearșafurile albe și curate, a scos-o din minți. S-a apucat să lucreze la răni, folosind penseta pentru a îndepărta cioburile mici. Katie rămăsese adormită.

„Trebuie să fi fost somnambulă", șopti Benjamin.

„Ține-o nemișcată, ca să pot verifica dacă sunt bucăți de sticlă și să le îndepărtez."

„Ar trebui să sunăm la 911?"

„Nu prea cred", a spus El, «cred că ne descurcăm». Ea a continuat, până când toate rănile au fost dezinfectate și înfășurate.

Katie a scâncit, dar nu s-a trezit.

CAPITOLUL 29

RUPT

„Trebuie să o întoarcem pe o parte, acum", a spus El.

Benjamin a sprijinit-o pe Katie pe o parte, în timp ce El îi examina picioarele. Doar câteva așchii de sticlă trecuseră prin suprafața picioarelor lui Katie. Majoritatea erau pur și simplu lipite de piele aproape de suprafață și ușor de scos.

Respirația ei a devenit mai rapidă în câteva rânduri, dar nu a deschis ochii. El a pus o cârpă caldă pe picioarele lui Katie și le-a înfășurat acum că sângerarea s-a oprit. Apoi a ridicat ambele picioare pe o pernă.

„Voi rămâne aici toată noaptea", a spus El. „Nu vreau să risc să o las singură sau să o trezesc când mă ridic din pat."

Benjamin s-a dus să arunce o privire mai atentă la fereastra spartă. La început, a crezut că cineva a încercat să intre, apoi a văzut suportul de carte pe podea. L-a ridicat și l-a pus la loc pe raftul cu cărți. „Mă întorc imediat", a spus el.

S-a dus în pivniță. A găsit o foaie de plastic potrivită pentru a fi lipită cu bandă adezivă pe fereastră până când vor putea să o repare. După ce a lipit-o cu bandă adezivă, a măturat cât a putut de mult din sticlă.

Epuizat, a găsit un loc la capătul patului și a adormit.

Vântul șuiera din când în când prin golurile din banda de mascare, dar niciunul dintre cei trei adormiți nu a fost trezit de el.

CAPITOLUL 30

TREZEȘTE-TE

Sunetul unui gaiță albastră care cânta în afara ferestrei dormitorului l-a făcut pe Abe să deschidă ochii. A bâzâit și s-a întins. Observând că soția lui nu era acolo, a strigat-o pe nume. Când ea nu a răspuns, a văzut că îi lipseau papucii. „El!", a strigat el în timp ce se îndrepta pe hol.

Ajungând la camera lui Katie, s-a oprit și s-a uitat înăuntru. El era acolo, iar Benjamin era și el.

„El?" a șoptit el; ea nu s-a trezit.

Atunci a auzit un fluierat urmat de un zgomot de clape. S-a îndreptat în vârful picioarelor spre fereastră pentru a investiga.

Perdelele erau strâmbe, iar geamul fusese reparat temporar cu plastic și bandă adezivă. Neputând să înțeleagă nimic, a ieșit din cameră, închizând ușa în urma lui și s-a dus la bucătărie.

Soarele răsărea pe cerul de un albastru intens, în timp ce el umplea ceainicul și privea cum se naște o nouă zi. Acum, pe lista lui de lucruri de făcut era să-i sune pe cei de la asigurări să vină și să evalueze pagubele, dar mai întâi trebuia să afle ce s-a întâmplat.

Stomacul îi zvâcnea, așa că a pus două felii de pâine prăjită și a apăsat maneta în jos. În drum spre frigider, a luat o cană și o lingură. În timp ce ceainicul se termina, a scos laptele și untul din frigider și a pus un pliculeț de ceai în cană. A turnat apa fierbinte aburindă, chiar când pâinea a terminat de prăjit.

„Neața", a mormăit Benjamin.

„Neața, fiule", a spus Abe.

Ceva inaudibil din partea lui Benjamin.

„Stai jos acum, ceainicul e fierbinte și o să-ți torn o ceașcă de ceai."

Benjamin s-a supus fără să vorbească.

„Vrei o felie de pâine prăjită?"

Adolescentul a dat din cap.

Abe și-a scos feliile prăjite și a dat jos o felie, apoi alta. A pus un pliculeț de ceai într-o a doua cană și a turnat apă, amestecând-o astfel încât să se infuzeze super-rapid.

Bărbatul mai în vârstă știa că timpul era esențial aici, altfel Benjamin ar fi adormit din nou - și atunci ar fi fost inutil pentru restul zilei. Când a fost gata, Abe a scos pliculețul de ceai din cană, a adăugat două linguriițe de zahăr, urmate de un strop de lapte.

Abe a luat mâinile băiatului care se odihneau pe masă și le-a pus una câte una pe cana cu ceai fierbinte. A privit cum Benjamin a simțit mirosul infuziei aburinde și a prins viață, înainte de a lua o înghițitură.

Văzând că băiatul era acum treaz, Abe s-a dus să termine de pregătit pâinea prăjită.

Abe a privit cum Benjamin se schimba, revenind pe tărâmul celor vii puțin mai mult, minut cu minut. Între timp, el și-a băut ceaiul și a mâncat restul de pâine prăjită.

Au trecut momente în care soarele intra pe fereastră și dansa pe profilul tânărului. Când părea că poate purta o conversație, sau poate era o gândire plină de speranță, Abe l-a întrebat: „Ai de gând să mă pui la curent cu ce s-a întâmplat aseară în camera lui Katie!"

„Nu."

„Ei bine, eu niciodată."

„Nu dacă nu-mi spui ce s-a întâmplat ieri acasă la Katie."

„Oh, văd că ești chiar mai treaz decât am crezut", a spus Abe râzând. „Dar nu pot."

„Și de ce nu?" a spus Benjamin în timp ce mușca din pâine prăjită. Crocantul și untul sărat aveau un gust atât de bun.

„Pentru că vechiul meu prieten, sergentul Miller, mi-a jurat să păstrez secretul. Dacă aș putea să-ți spun, ți-aș spune. Acum, spune-mi ce s-a întâmplat cu fereastra aia. Trebuie să sun la cei de la asigurări și nu pot face asta până nu-mi spui ce s-a întâmplat."

Benjamin a continuat să-și mănânce pâinea prăjită.

„Deci, vrei să joci jocul întrebărilor? Întrebarea numărul unu, a încercat cineva să intre și să ia copilul?"

Benjamin, care își terminase acum ceaiul și pâinea prăjită, s-a lăsat pe spate în scaun, punându-și mâinile la ceafă.

„Cred că mergea în somn. Din câte am putut vedea, suportul de carte a fost folosit pentru a sparge fereastra. Totuși, nu pot să-mi dau seama de ce. Nimic din toate astea nu are niciun sens."

„Bietul copil. De ce nu m-ai trezit?"

Benjamin s-a aplecat mai mult pe spate, astfel încât picioarele din față ale scaunului de bucătărie s-au ridicat de la sol. „Sgt. Miller n-ar fi știut niciodată că mi-ai spus ceva."

„Încrederea este încredere. Ori o faci, ori juri pe ea. Sau nu o faci. Depinde ce fel de persoană ești. Eu mă țin de cuvânt și la fel face și prietenul meu. Sergentul Miller și cu mine avem încredere unul în celălalt și, la fel ca tine și ca mine, ne ținem de cuvânt." Abe și-a reumplut ceașca din ceainic. „Ca să fiu sincer, știu foarte puține lucruri. Chiar m-a pus să rămân în mașină, în afara oricărui pericol. Nu pot decât să presupun ceea ce știu din ceea ce vine și pleacă, dar nu vreau să transmit informații greșite."

„Trebuie să fi văzut sau auzit ceva", spuse Benjamin, urmat de un sunet de sorbitură. Știa că Abe nu avea nicio intenție de a rupe încrederea prietenului său și a schimbat subiectul.

„Totul s-a întâmplat atât de repede, cu Katie. A țipat și am intrat în fugă. Avea bucăți de sticlă în picioare. El le-a scos. Nu știam că are pregătire de asistentă medicală și sigur mi-a fost de folos. Am gestionat situația și nu avea rost să te trezim.”

„A fost rănită grav? Am văzut sânge pe podea.”

„El a confirmat că rănile ei erau minore. Katie a dormit tot timpul, în timp ce El scotea cioburile de sticlă cu penseta și chiar și când a pus dezinfectant pe tăieturi.”

„Ai observat”, a spus Abe, ”copilul nu prea râde? Chicotește din când în când, dar nu râde, așa cum ar trebui să râdă un copil.”

„Fiecare e diferit, poate că e doar timidă.”

„Există și tristețe. Vreau să spun în spatele ochilor ei. Ceva familiar și totuși, captivant.”

„Nu pot spune că am observat așa ceva, ești sigur că nu-ți imaginezi?”

„Am văzut privirea asta o dată, când ai venit prima dată la noi”, îi oferi Abe.

„Eu?”

„Poate nu frică, poate durere sau tristețe, dar era constantă, durere, remușcări, neglijență. Toate la un loc. Este încă acolo, în ochii tăi, dar sufletul tău curge, de asemenea, un flux de lumină care îl depășește, oricare ar fi el. Te-ai regăsit, al învins-o, ți-ai găsit propriul adevăr. Dar micuța Katie are nevoie să fie vindecată, îngrijită așa cum am avut eu grijă de tine.”

Benjamin a mai pus un pliculeț de ceai în cană, l-a amestecat de câteva ori, apoi l-a scos, a adăugat zahăr și lapte, apoi a luat o înghițitură. „Ea și El au o legătură.”

„Ai dreptate în privința asta și ar fi bine să mă pregătesc să deschid magazinul. Anunță-mă când este gata micul dejun”, a spus Abe punând vasele în chiuvetă și s-a dus să se pregătească de lucru.

În camera familiei, Benjamin a pornit televizorul. Imediat a recunoscut casa lui Katie. Erau camere de luat vederi, presă peste tot. Proprietatea era delimitată de banda galbenă a poliției. Ceva rău se întâmplase acolo, el știa deja asta. Acum urma să afle ce. A dat volumul mai tare. S-a apropiat.

Reporterul purtând un costum sport albastru marin și ochelari cu rame închise stătea lângă o dubă albă pe care erau afișate inițialele rețelei locale de televiziune.

„Sunt Carly Wright, relatez de pe strada Ontario, unde a fost descoperit recent un cadavru. Bărbatul a fost identificat ca fiind Mark David Wheeler. Familia sa apropiată a fost anunțată. Poliția caută orice martor care l-a văzut intrând în casa din spatele nostru, ale cărei rezidente sunt Jennifer și Katie Walker. (Amândouă sunt dispărute și au fost văzute ultima dată vineri dimineață lângă malul mării.”

Stai puțin, mama lui Katie avea părul blond în fotografie. Când a văzut-o, părul ei era negru - purta o perucă în acea zi la malul mării? Și dacă da, de ce?

Reporterul a continuat. „Mark Wheeler provine dintr-o familie cunoscută în această regiune. O familie care a ajutat multe organizații caritabile de-a lungul anilor. Detalii despre înmormântare și vizită vor urma. Dacă cineva are informații despre doamna Walker sau fiica ei, vă rog să contactați poliția locală sau să mă sunați."

Și-a înfășurat brațele în jurul lui gândindu-se la un cadavru în casa lui Katie. Tot corpul lui a început să tremure. Pentru a-și lua gândul de la știri, s-a întors în bucătărie și a băgat ceainicul în priză. În timp ce fierbea, s-a uitat pe fereastră.

Razele soarelui sărutau pavajul, în timp ce veverițele ridicau frunze, iar păsările intrau și ieșeau din hrănitoare. Nu aveau nicio idee că fusese comisă o crimă sau că o fetiță se trezise țipând cu cioburi de sticlă înfipte în piele. Viețile lor mergeau înainte, în același mod, indiferent ce se întâmpla cu oamenii din casele care le hrăneau.

Când ceainicul a fluierat, el a oprit arzătorul, dar nu a mai făcut o ceașcă de ceai. În schimb, a continuat să privească normalitatea din afara ferestrei bucătăriei, fără să se gândească la altceva până când nu a mai simțit nevoia să tremure sau să se agite.

CAPITOLUL 31

KATIE ȘI EL

Mami! Mami!” a strigat Katie cu ochii încă închiși.

" În timp ce soarele dimineții pătrundea prin plasticul fluturând, El a ținut-o pe Katie în brațe. „O să fie bine, micuțo”.

Katie a deschis ochii - nu era acasă și nu era în patul ei. „Mami!”, a strigat ea. „Unde e mămica mea?”

El i-a dat drumul când ea s-a îndepărtat.

Benjamin, care auzise țipetele lui Katie, a preluat controlul. „Katie, ești bine și toată lumea o caută pe mămica ta. Îți amintești de El? Și, îți amintești de mine, Benjamin?”

Katie s-a întins și a luat mâna lui Benjamin, apoi pe cea a lui El. Le-a lipit de obrajii ei în timp ce lacrimile îi curgeau, apoi a observat bandajele de pe mâinile ei. A dat păturile jos și a văzut învelișurile de protecție de pe picioarele ei. „Ce s-a întâmplat?”

„Speram să ne poți spune”, a răspuns Benjamin.

Katie și-a lovit picioarele, în timp ce se chinuia să îndepărteze bandajele. Când acestea s-au desfăcut, a încercat să le îndepărteze și pe cele de pe mâini. El a apucat-o de mâini și i-a pus la loc pătura peste picioare și a fredonat ca să o calmeze. În câteva minute, Katie era prăbușită pe umărul ei și se odihnea liniștită.

Câteva momente mai târziu, Katie a spus: „Îmi amintesc că am auzit-o pe mami chemându-mă."

„Într-un vis?" a întrebat Benjamin.

El i-a băgat părul lui Katie după ureche.

„Am făcut eu asta?", a întrebat fetița. „Am spart geamul?"

„Taci, copile", a spus El. „Benjamin a reparat-o și în curând va fi din nou ca la carte. Nu contează cum a fost spartă. Tot ce contează pentru noi este siguranța ta. Ferestrele pot fi întotdeauna reparate."

„Dar eu nu?" A întrebat Katie.

El a îmbrățișat-o. „Ești perfectă exact așa cum ești."

Benjamin a întrebat: „Îți poți aminti ceva? Absolut nimic despre vis?"

„Mami mă suna, asta e tot ce-mi amintesc."

Cei trei stăteau liniștiți. El se gândea la ce s-ar fi putut întâmpla. Benjamin se gândea cât de bucuros era că ea nu fusese răpită sau rănită grav. Katie se întreba unde era mama ei și ce aveau de gând să mănânce la micul dejun.

„Mi-e foame", a spus ea, mângâindu-și stomacul care mârâia.

„Compania Piggy-backing a lui Benjamin la dispoziția ta", a spus el.

Katie și-a înfășurat brațele în jurul gâtului lui, ținându-se strâns și au plecat spre bucătărie.

„Ai vrea să fii micul meu ajutor la clătite?" a întrebat El. Katie a dat din cap și a zâmbit; Benjamin a găsit un loc pentru ea pe blat. „Este o rețetă secretă de familie", a spus El în timp ce a spart două ouă în făină și a început să amestece. Când a fost gata, a folosit un polonic pentru a turna aluatul pe grătarul încins. „Bine, e timpul să le întorci. Vezi cum bolborosesc?" A ajutat-o pe fetiță să întoarcă clătitele.

„Este mai ușor decât am crezut că va fi", a spus Katie. „Mai ales cu mănușile astea mari de cuptor."

„Ai ajutat-o vreodată pe mămica ta să gătească?"

„Uneori, dar nu m-a lăsat niciodată să stau pe blat sau să întorc clătitele."

„Gătitul poate fi distractiv."

„Nu să tai ceapa - mă face să plâng și nici nu-mi place gustul ei."

El a râs. „O să-ți arăt un secret cândva, cum să le tai sub apă, ca să nu plângi." Apoi către Benjamin: „Aproape gata, poți să-l anunți pe Abe?"

Katie a râs. „Să tai ceapă în cadă? Asta e amuzant El. Mi s-ar împuțina picioarele."

„Nu, prostuțo. Vreau să spun în chiuvetă. Totuși, ai dreptate, dacă le-ai tăia în cadă, cu siguranță ți s-ar împuți picioarele și tot restul."

Katie și El au chicotit, în timp ce puneau masa împreună. Curând, Benjamin și Abe li s-au alăturat. Toată lumea a mâncat pe săturate, apoi Abe a spus că trebuie să se întoarcă la magazin.

„Voi face eu curat", a spus Benjamin. „Dar ar dura jumătate din timp dacă mi-ai da o mână de ajutor."

„Cred că clienții pot aștepta", a spus Abe.

„Hai să te îmbraci", i-a spus El lui Katie și au plecat din bucătărie.

Când au ieșit din raza vizuală, Benjamin a spus: „Trebuie să vorbim, Abe."

✳✳✳

Care-itreaba?" a întrebat Abe.

" „Un bărbat pe nume Mark Wheeler a fost găsit mort în casa lui Katie. A fost la știri."

„Ah..."

„Asta e tot ce ai de spus?"

„Trebuie să mă gândesc", a spus Abe. „Ar fi bine să lucrez în timp ce noi facem ordine."

Când totul a fost la locul lui, Benjamin s-a dus în sufragerie și a dat click pe televizor.

„Mai bine ai închide ușa", a spus Abe, ceea ce Benjamin a și făcut.

„Am crezut că trebuie să te întorci la magazin."

„Așa este, dar în treacăt am văzut că era la știri. El s-a mutat în cealaltă parte a camerei și a dat volumul mai tare.

„Aș fi putut face asta cu asta", a spus Benjamin ridicând convertorul.

„Deja l-am făcut", a spus Abe, așezându-se.

Un alt reporter care semăna cu Clark Kent stătea pe peluza din fața proprietății Walker.

El a spus: „Familia lui Mark Wheeler este bine cunoscută în această comunitate. De-a lungul anilor, generozitatea lor a atins și a îmbunătățit multe vieți prin donații către organizații caritabile și fundații. Cu toate acestea, acuzațiile privind o legătură cu drogurile sunt în curs de investigare."

„Oh, nu", a spus Benjamin.

„Shhhh."

Reporterul a continuat. „Le căutăm pe locuitoarele casei din spatele meu. Jennifer Walker și fiica ei, Katie Walker." A ridicat o fotografie. „Dacă cineva a văzut sau are informații despre locul în care se află Katie și Jennifer, vă rugăm să ne sunați sau să luați legătura cu poliția locală."

„Și dacă ne vede cineva, la cumpărături cu Katie?"

„Shhh."

„Oricine are informații despre Mark Wheeler, poate suna la linia telefonică confidențială. Numărul este în partea de jos a ecranului." A ridicat din nou fotografia cu Jennifer și Katie. „Este imperativ să le găsim pe cele două, înainte să li se întâmple ceva rău. Vă rog, dacă sunteți acolo și le-ați văzut sau știți ceva despre locul în care se află - sunați la poliție. Orice informație ar putea fi utilă. Chiar și informațiile care vi se par nesemnificative ne-ar putea oferi indicii, astfel încât să-i putem ajuta. Doug Falcon transmite de la SJB TV."

Abe și Benjamin au tăcut câteva minute. Apoi Benjamin și-a amintit că mama lui Katie avea părul închis la culoare în ziua în care a văzut-o, iar în fotografia pe care o ținea reporterul, avea părul blond. Benjamin l-a pus la curent cu această amintire.

„Da, vecina băgăcioasă cu care am vorbit, Judy Smith, a menționat peruca."

„Vrei să spui că i-ai spus deja sergentului Miller despre asta?"

„Nu i-am spus, dar probabil ar fi trebuit."

„Cu siguranță ar trebui să-l informezi pe sergentul Miller despre perucă. Dar dacă cineva știe că Katie este aici cu noi? Dacă, de aceea a fost spartă fereastra aseară? Katie a spus că a auzit-o pe mama ei strigând. Era ea pe stradă, sub camera lui Katie, strigând după ea?"

Benjamin a sărit în sus.

„Oprește-te", a spus Abe. „În primul rând, ai spus că suportul de carte a fost folosit pentru a sparge fereastra din interior. Katie avea probabil un coșmar. În plus, sergentul Miller știe că o avem pe Katie aici cu noi și nu ar lăsa această informație să ajungă la nimeni."

„Totuși, am dus-o peste tot. La magazin, la o cafenea. Cineva trebuie să fi observat. Este un copil cu un aspect deosebit."

„Stai jos aici și nu-ți face griji. Îl voi suna pe sergentul Miller, mai bine, voi trece pe acolo și voi vorbi cu el."

S-a îndreptat spre ușă. „Între timp, rămâi în casă și spune-i lui El să țină magazinul închis astăzi."

„Ce motiv ar trebui să-i dau? Ar trebui să-i explic tot ce am aflat despre Wheeler?"

„Categoric nu. Asigură-te că, dacă televizorul este deschis când Katie este prezentă, nu este niciodată acordat pe știri.”

„Așa voi face.”

CAPITOLUL 32

LA SECȚIA DE POLIȚIE

Abe a mers la secția de poliție unde se desfășura o conferință de presă. Sergentul Miller era la cârmă. Miller stătea în spatele unui pupitru, în timp ce microfonul era ridicat la înălțimea sa. O gașcă de reporteri a pătruns înăuntru, înarmați cu aparate foto. Un reporter a strigat o întrebare. Abe și-a croit drum prin circul mediatic pentru a urca scările și a intra în clădire. Ura mulțimile, iar a se afla în centrul acestui haos total nu era un loc în care dorea să se afle. Miller a recunoscut prezența lui Abe cu o înclinare a capului în timp ce trecea pe lângă el și intra în clădire.

Un reporter a strigat: „Dar copilul dispărut? Ceva indicii despre ea?”

Un al doilea reporter a strigat: „Ce știți despre fetiță și mama ei? Cum au fost implicate cu Wheeler?”

Miller a ridicat mâna pentru a liniști coroana indisciplinată. După ce s-au liniștit, a răspuns: „Vă rog, câte o întrebare pe rând. În primul rând, copilul a fost dat dispărut - ea nu este dispărută. De fapt, știm unde se află, unde este Katie Walker - este în custodia unui centru de plasament."

Un oftat audibil din partea unei femei din mulțime. Pentru câteva secunde, o femeie blondă s-a detașat de ceilalți. Și-a întors privirea pentru o secundă, iar ea dispăruse.

„A fost Katie Walker examinată de un medic?", a întrebat un alt reporter.

„Toate la timpul potrivit", a răspuns Miller. „Avem nevoie de ajutorul dumneavoastră pentru a o găsi pe mama copilului. Nu avem nicio pistă".

Amintindu-și că mama lui Katie era blondă și nu brunetă, așa cum fusese raportat inițial - a scanat mulțimea în căutarea femeii pe care o zărise înainte. N-a avut noroc. Nu o putea vedea nicăieri.

„Voi răspunde la o ultimă întrebare și nu o irosiți întrebându-mă unde este copilul, tot ce vă pot spune este că este în siguranță și bine." A ales următorul reporter care să pună o întrebare: „Dă-i drumul, Maggie." O cunoștea pe Maggie de la ziarul local de ani de zile. Nu era ca ceilalți. Era o jurnalistă adevărată.

„Bună dimineața, Sgt. Miller", a spus Maggie.

Miller a încuviințat din cap.

Maggie a întrebat: „Deoarece copilul, Katie, este în îngrijire, de ce v-a luat atât de mult să mergeți la ea acasă și să investigați?" Deși Maggie nu s-a mișcat, jurnaliștii din jur au făcut-o. S-au îmbrâncit și s-au împins, cerând să se apropie.

„Ei bine, Maggie", a spus Miller. „Copilul, adică Katie Walker, a fost abandonat vineri la Waterfront. Adresa ei de domiciliu ne-a fost adusă la cunoștință abia ieri."

„Neadevărat", a strigat un alt reporter.

„Ajunge", a spus Miller trântind pumnul pe podium și îndepărtându-se de microfon.

Același reporter a strigat: „Am vorbit cu vecina, doamna Judy Smith. Ea a confirmat că un bărbat în vârstă a fost în casă cu o zi înainte. Același bărbat pe care l-a văzut ieri stând în mașina dumneavoastră de poliție".

Miller a continuat să meargă, ignorând zarva, bucuros că reporterii nu erau suficient de deștepți încât să pună cap la cap două și două, din moment ce bărbatul despre care vorbeau tocmai se strecurase pe lângă ei și intrase în clădire.

Înainte să intre în secție, s-a întors spre reporteri. „Ați avut întrebările voastre. Acum, lăsați-ne pe noi să ne facem treaba, iar voi pe a voastră. Ajutați-ne să o găsim pe mama copilului. Vă mulțumesc pentru timpul acordat." A împins ușile rotative și s-a dus la biroul său.

Abe, care se simțise ca acasă stând jos, se ridică acum pentru a da mâna cu Miller. Abe a spus: „Am văzut fotografia lui Katie la televizor și am auzit despre cadavrul bărbatului. Ce descoperire groaznică. Nu-i de mirare că erai atât de tăcut când m-ai condus acasă."

„Totul în timpul serviciului", a spus Miller. „Cafea?" Abe a refuzat cu o mișcare a mâinii. Miller a continuat: „Reporterii sunt înfometați după o poveste, orice poveste. Nu ai auzit ultima întrebare. Femeia aceea -

vecina ta băgăcioasă - a menționat că ai vizitat casa și că ai fost în mașina mea de patrulare. Când pleci, trebuie să ne asigurăm că ajungi acasă fără ca nimeni să te urmărească."

„O, nu", a spus Abe. S-a uitat peste birou la prietenul său. Arăta ca și cum ar fi îmbătrânit în ultimele câteva zile. „Ai dormit deloc? Arăți ca naiba."

„Să dorm? Ce-i asta? Am încercat să pun piesele cap la cap aici, e un caz dificil. Am crezut că avem o pistă despre mamă, dar nu a ieșit. E ca și cum ar fi dispărut fără urmă." I-a sunat telefonul. „Bine, mulțumesc că m-ai anunțat."

„Nicio pistă nouă?"

Miller s-a aplecat mai aproape. „Era medicul legist. Un cadavru nou. Nu a fost identificat, încă."

„Care e sentimentul tău? Este mama lui Katie?"

„Nu pot spune pentru că nu știu."

„Și omul mort, cine era? Adică, știu numele. El este afiliat cu droguri. Nu pot să cred că o mamă și-ar pune copilul în pericol în halul ăsta."

„Se presupune. Cine știe de ce fac oamenii ceea ce fac? Când am fost acasă era o poză pe șemineu cu Katie și Mark. Mi se pare ciudat ca o mamă să permită asta, dacă intenționa să-și ucidă prietenul." A făcut o pauză, temându-se că spune prea multe, apoi a schimbat subiectul: „Dar, da, amprentele lui au aprins sistemul. Acesta este motivul pe care ne străduim să-l găsim."

„Un motiv, ca o lovitură mafiotă?"

„Uh, nu vă lăsați imaginația să vă fugă", a spus Miller. „Cât despre un motiv, asta nu știu." Sgt. Miller a ridicat receptorul telefonului. Când a răspuns recepționera, el a spus: „Da, trebuie să escortez un civil din clădire." A ascultat, apoi a răspuns: „Da, pe ușa din spate. Asigură-te că nu este urmărit."

Abe s-a ridicat: „Dragul meu prieten, vii cu mine. Pun pariu că soția și copiii îți duc dorul și ai nevoie să dormi."

Sergentul Miller a fost de acord cu Abe în principiu, dar avea prea multe de făcut. Totuși, și-a făcut timp să se asigure că prietenul său a ieșit în siguranță din clădire și se îndreaptă spre casă.

„Coasta este liberă", a spus șoferul. Miller a închis portiera mașinii lui Abe, a privit până când mașina a dispărut, apoi s-a întors la birou.

CAPITOLUL 33

BLONDA FLASHBACK

Era o duminică după-amiază frumoasă şi familiile se plimbau. Mulţi făceau picnic, alţii se antrenau sau se relaxau lângă malul mării. Aerul mirosea dulce, ca atunci când primăvara se transformă în vară. Păsările care ciripeau şi zburau erau vizibile pe aproape fiecare copac.

Pe bancheta din spate a unui taxi, o femeie observa activităţile din oraş. Îşi dorea să aibă destui bani pentru a locui şi ea aici. Acum, oprită la culoarea roşie a semaforului, a observat o familie care arunca un frisbee înainte şi înapoi. Când semaforul s-a schimbat şi maşina a pornit, ea a continuat să privească, până când nu i-a mai putut vedea.

În mintea ei, se gândea la ce i-ar fi spus surorii ei. Îi mai ceruse bani înainte, iar sora ei îi dăduse - dar cu reticenţă. Mai ales pentru că ştia unde se vor duce banii, adică pentru a-şi plăti datoriile legate de droguri. Sora ei mai mare avea să cedeze, în cele din urmă. Totuşi, ura să fie în situaţia de a cere. Mai ales în persoană. Spera să o vadă pe micuța Katie când se afla acolo, poate chiar să i-o prezinte. Acum că avea șapte ani, poate că și-ar fi amintit de ea.

O dată sau de două ori, șoferul s-a uitat înapoi la ea în oglinda retrovizoare. Ea și-a ajustat ochelarii de soare cu oglindă și și-a șters discret o lacrimă.

„La ce te uiți?", a întrebat ea.

„Nimic", a răspuns el, virând pe strada Ontario. "Ce număr căutai?"

Era casa înconjurată de banda poliției, cu patrule peste tot.

„Pornește!", i-a ordonat ea. „Pornește!"

„Bine, dar acum încotro, doamnă?", a spus el făcând o întoarcere în U.

„Doar condu, lasă-mă să mă gândesc!", a exclamat femeia. Și-a scos telefonul din geanta maro și a apăsat pe apelare rapidă. A sunat și a sunat și a sunat. L-a deconectat, înfigându-și unghiile în cotieră. A respirat adânc și a apăsat un alt număr pe apelare rapidă. Ca și primul, a rămas fără răspuns.

„Doamnă, trebuie să știu încotro mă îndrept."

Ea a țipat: „Doar condu, până îți spun eu să te oprești".

„Bine, doamnă, tu ești șefa." El a condus fără țintă, oprindu-se și pornind când semafoarele treceau de la verde la roșu. „O să o luăm pe ruta pitorească."

S-au întors de-a lungul țărmului lacului Ontario. Văzând contorul de bani și costul care creștea, ea a căutat în geantă bani. Cardurile ei de credit erau deja la maxim. „Unde este secția de poliție?", a întrebat ea.

„La câteva străzi distanță".

„Du-mă acolo", a spus ea. Pe drum se gândea ce să spună, ce să le povestească despre ea. A zărit o mulțime care bloca intrarea în secție, în timp ce se întreba dacă asta avea vreo legătură cu casa surorii ei.

„Lasă-mă să cobor, acolo", a cerut ea, înmânându-i șoferului un pumn de monede și câteva bancnote mototolite.

Și-a aplatizat partea din față a rochiei, care acum se agăța de ea cu statică. În spatele ei, a auzit numele surorii ei și al lui Katie. A împins-o înainte, așteptând să vadă ce va spune bărbatul de la podium.

Când acesta i-a spus că fiica ei este bine și se află într-o familie adoptivă, aproape că a leșinat. A respirat adânc de câteva ori și a părăsit zona, fericită în mintea ei că fiica ei era bine. În ceea ce privește dispariția surorii sale, păi, totul se va rezolva în timp.

A continuat să meargă în direcția opusă celei în care venise. Purtând tocuri de zece centimetri, nu era pregătită pentru o plimbare lungă nicăieri. Briza îi mângâia brațele goale și se bucura că măcar în seara asta nu era nicio șansă să plouă.

Mirosul burgerilor de vită fierbinți, al cepei dulci și al cartofilor prăjiți unsuroși din apropiere îi făcu stomacul să mârâie. Mâncarea perfectă pentru mahmureală. Practic, acum nu mai avea nici un ban și inhalarea de calorii trebuia să fie suficientă. Pentru a-și distrage atenția, a încercat să-și amintească numerele celor care credea că ar putea s-o ajute, dar rezultatul a fost același.

Două uși mai jos, a găsit un magazin de second-hand. În vitrină, era o fată blondă, îmbrăcată parcă pentru o petrecere. S-a uitat la fața manechinului, imaginându-și cum ar fi arătat fetița ei acum. Trecuseră ani de când nu mai văzuse o poză cu ea.

O blocase - așa cum făcea întotdeauna când lucrurile deveneau prea mult pentru ea. „Compartimentează". Asta îi spunea mereu psihiatrul ei să facă. Dar casa... o văzuse, delimitată cu bandă galbenă - bandă de poliție - ca în CSI sau Murder She Wrote. Era casa surorii ei. Sora ei care era mama copilului ei. Un copil despre care nimeni nu știa.

Câteva uși mai încolo se adunase o mulțime. Ea s-a alăturat lor, văzând un program de știri cu subtitrare. O fotografie cu sora și fiica ei sub titlul „Persoane dispărute". Apoi o fotografie a lui Mark Wheeler sub titlul „Ucis, legătură cu drogurile".

Cele două incidente erau legate. Acum i-a cedat genunchii și a alunecat pe trotuar.

„Sunt bine", a spus ea, în timp ce străinii o ajutau să se ridice din nou în picioare. Ea le-a mulțumit și, cu gleznele tremurânde, a plecat clătinându-se.

Auzise de acest Mark Wheeler prin lumea drogurilor. Acum era mort. Cum de sora ei era legată de el? Era ea însăși legătura? Ea le datora bani. A spus că îi va plăti. Nici măcar nu erau atât de mulți. Sora ei își plătise datoria pentru droguri o dată, de două ori - nu mai știa de câte ori. Cu siguranță, nu s-ar fi dus după sora ei. Slavă Domnului că nu știau că Katie era a ei. Dacă nu ar fi știut, atunci cum ajunsese Wheeler mort? Oare acea legătură adusese huligani la casa surorii ei?

A încercat să nu se gândească la asta, poticnindu-se spre Dumnezeu știe unde. Amețită, parțial delirând, și-a amintit de ziua în care s-a născut Katelyn. Era tânără, șaptesprezece ani, prea tânără pentru a fi mamă, și totuși, când și-a văzut fiica pentru prima dată, a simțit toate sentimentele materne pe care ar trebui să le simtă o mamă.

Să aibă șaptesprezece ani era o vârstă suficientă pentru a naște copilul și pentru a-i trezi instinctele materne, dar nu suficient pentru a o convinge să păstreze nou-născutul. Să-l crească. Dar, oh, fața aceea mică. Mirosul ei. Mirosul de roz. Își strângea telefonul în brațe în timp ce mergea.

Cu ochii plini de lacrimi, și-a spus să-și revină. Făcuse cel mai bun lucru pentru Katelyn în acel moment, dând-o surorii ei mai mari s-o crească.

Pierdută, fără unde să se ducă, fără nimeni cu care să vorbească, își reproșa că a venit în oraș. Pentru că era dependentă de droguri. Pentru că a mers acasă la sora ei. Pentru tot - pentru tot blestematul de bal de ceară.

Un bărbat care mirosea la fel de urât pe cât arăta s-a ciocnit de ea.

„Ai grijă!", a exclamat ea, făcându-l pe bietul om să izbucnească în lacrimi. Ea a băgat mâna în fundul genții, a găsit câteva monede rătăcite și o pastilă pentru gât și i le-a pus în mână.

„Vă mulțumesc", s-a clătinat bărbatul încoace și încolo. A suflat în pastilă și a băgat-o în gură, apoi a întrebat: „Te-ai rătăcit?"

„Sunt nouă în oraș", a spus ea. „Există ceva de văzut pe aici?"

El și-a dus mâna la bărbie, uitându-se la ea. „E un viaduct faimos acolo sus, mergi mai departe și nu-l poți rata. Este o priveliște uimitoare."

„Mulțumesc", a spus ea, în timp ce se îndepărta.

Nerăbdătoare să vadă monumentul, și-a deschis poșeta. A scos o țigară din pachet și a aprins-o. Tragerea lungă a ajutat-o să-și liniștească mintea. S-a gândit la ce ar trebui să facă, dar nu i-a venit niciun răspuns.

$$\text{\Huge ✳✳✳}$$

Mama biologică a lui Katie se oprise pentru a-și odihni picioarele. Parcul în sine era foarte activ, cu copii și câini alergând în voie. Avea chef de încă o țigară, dar nu și-a aprins una. În schimb, a ascultat râsetele. Pentru că, de fapt, nu avea unde să se ducă.

Telefonul ei a vibrat; era Anson. „Unde ești?", a întrebat el.

„Sunt aproape de casa surorii mele, dar ea nu e acasă."

„Ei bine, ți-am pregătit comanda. Mai întâi trebuie să plătești ce ți se datorează. Când te întorci să o ridici? Nu o pot ține aici prea mult timp. Dacă nu puteți plăti, atunci trebuie să o vând altcuiva. Am o listă de așteptare, să știi."

„Nu mă pot întoarce imediat, dar am nevoie de ea. Uh, ai vreo șansă să vii să mă iei? Ți-aș da banii înapoi. Aș face orice."

Splat! Mingea unui copil, a unui băiețel a ricoșat și a lovit vârful pantofului ei. Ea a șutat-o înapoi la el.

„Mulțumesc, doamnă", a spus el.

„Nu pot să vin să vă iau. Acesta nu este un serviciu de taxi." Linia a pocnit și a murit la celălalt capăt.

Anson era ultima ei speranță, să se întoarcă. S-ar fi pierdut pe ea însăși și tot la ce se gândea. O lovitură și totul ar fi dispărut - fiecare gând - fiecare emoție - chiar dacă numai pentru puțin timp.

„Coboară aici!" a strigat mama ei. „Târfă mică și murdară!"

Se întâmplase cu ani în urmă, dar în mintea ei era ca și cum se întâmpla acum. Putea chiar să simtă mirosul mamei ei, o combinație de pudră de talc și Jack Daniels.

Sora ei fusese mai mult o mamă pentru ea decât fusese mama ei. Tatăl lor plecase din țară, imediat după ce ea venise pe lume, iar mama ei o învinovățise mereu pentru plecarea lui.

„Tu l-ai alungat!", striga ea.

Și mama ei aducea bărbați acasă. Bărbați care o ajutau să plătească chiria, să pună mâncare pe masă. Bărbați care erau monștri. Monștri de care mama ei ar fi trebuit să-și protejeze fiica.

Ea a oftat. Ani de terapie i-au permis să-și ierte mama. Să accepte că făcuse tot ce se putea face mai bine, date fiind circumstanțele.

Acolo era: Viaductul.

Tremura, era la o înălțime remarcabilă - dar da, vagabondul spusese că priveliștea de acolo trebuie să merite urcarea. Dar pantofii din picioare o strângeau și, la jumătatea drumului, obosită să-i care, i-a aruncat în lacul Ontario. A râs gândindu-se la o broască țestoasă sau la un pește care îi privea în timp ce cădeau pe fundul lacului.

Odată ajunsă în vârf, priveliștea i-a tăiat respirația. Putea vedea urâțenia, clădiri care aveau o funcție. Acum erau lipsite de oameni și neîngrijite, cu buruieni crescând pe pereții lor. Era o frumusețe goală, una pe care, dacă nu ar fi fost atât de sus, ar fi putut să o aprecieze.

Iar în cealaltă direcție, lacul Ontario. A urmat calea apei. În dreapta, unul dintre pantofii ei a sărit în sus și câteva clipe mai târziu i s-a alăturat și celălalt. Pluteau de parcă o fantomă dansa în loc să meargă pe apă.

Ea a râs, mai întâi încet, apoi isteric. Rochia îi flutura în jurul ei ca și cum ar fi fost în interiorul unui nor.

A pășit pe pervaz. Era o mamă rea, mai rea decât fusese mama ei. Mama ei cel puțin a rămas și și-a ținut fiicele aproape. Ea a lăsat judecata în seama lui Dumnezeu, a lui Iisus sau a oricui.

Mama biologică a lui Katie simțea că nu merită salvată. Nu putea fi iertată. Nu se putea ierta nici pe ea însăși.

Și-a plimbat unghiile false de-a lungul brațelor. Urmărea urmele lăsate de acele pe care le folosise atât de mult timp. Le simțea acum cu degetele. Chiar dacă ar renunța la obicei, ele i-ar recunoaște vulnerabilitățile și ar începe să ceară să fie hrănite.

S-a apropiat de margine. A închis ochii. A mirosit florile. A ascultat strigătele pescărușilor. Apoi s-a aruncat în apele reci ale lacului Ontario ca o păpușă ale cărei sfori au fost tăiate.

✳✳✳

Când au găsit-o nu departe de Viaduct, era în apă de mai puțin de 24 de ore. Avea ochii larg deschiși, ca și cum încă reflecta la ceva undeva în afara razei ei de acţiune.

Mama biologică a lui Katie aștepta să fie identificată la morgă.

CAPITOLUL 34

EL, ABE ȘI KATIE

„Vino înapoi în pat", a spus Abe, în timp ce El își strângea lucrurile pentru a le duce în camera lui Katie. Ea l-a sărutat pe frunte, „Vrei o ceașcă de cacao?"

„Îmi citești gândurile."

„Stai aici, sub pătură și ține-te de cald. O să-ți arunc și câțiva biscuiți."

„Mulțumesc, iubire." A ascultat cum El se învârtea prin bucătărie, fredonând în timp ce mergea. Înțelegea nevoia soției sale de a alina copilul, dar și el avea nevoie de alinare. În plus, se temea că se atașase prea mult de ea. De ce, într-o zi sau două, mama lui Katie s-ar putea întoarce. N-ar mai fi văzut-o niciodată. Și apoi ce?

El s-a întors cu tava. L-a sărutat pe frunte la ieșire.

Katie stătea în picioare, așteptându-l pe El. „Vreau să merg acasă", a spus ea frecându-și ochii.

„Nu-ți place aici?" a întrebat El știind deja răspunsul.

„Bineînţeles.”

Abe și-a băgat capul înăuntru, „Cine plânge?” El a încercat să-l alunge. „Cu ce te pot ajuta, micuţo?”

„Vreau să merg acasă și să iau ceva.”

„Ei bine acum”, a spus el, așezându-se la capătul patului. „În primul rând, eu și El nu avem cheia de la casa ta, și nici Benjamin.”

„Eu pot intra, pe fereastră. Ar trebui să mă ridicaţi - am făcut-o o dată când mami și-a uitat cheia.”

„De ce ai nevoie?” a întrebat El.

„Nu cred că ar trebui să pleci”, a răspuns Abe.

„Aș vrea să-mi iau stuffy-ul”.

Dar tu ai păpușa ta frumoasă, micuţule”, a spus El.

„Oh, e drăguţă, dar eu am ursuleţul meu de pluș dintotdeauna și va fi singur.”

„Lasă-mă să mă gândesc la asta”, a spus Abe. „Acum taci și culcă-te, sau El va trebui să se întoarcă în camera ei.”

Fără un cuvânt, Katie s-a cuibărit sub pătură și a închis ochii. Abe i-a făcut cu ochiul lui El și a închis ușa la ieșire.

CAPITOLUL 35

ABE ȘI BENJAMIN

Abe a dus tava în bucătărie și a făcut ordine, apoi a mers în sufragerie. Benjamin dormea pe canapea, cu televizorul bâzâind în fundal. L-a oprit, apoi a aruncat o plapumă peste adolescent.

Abe s-a întors în camera lui și a adormit. Sunetul oalelor și cratițelor din bucătărie și mirosul micului dejun gătit i-au făcut foame. S-a uitat la ceasul de la radio - era deja 9:30! Și-a pus halatul de casă și s-a dus la bucătărie.

„Trebuia să mă trezești!", a exclamat el.

Katie a sărit în sus.

„Îmi pare rău", a spus el. „Am vrut să spun mai întâi bună dimineața."

El a dat din cap, Katie a zâmbit. A ieșit cu spatele din bucătărie în sufragerie, unde Benjamin se uita la televizor.

„Ai dormit bine?" a întrebat Abe.

Benjamin nu a vorbit, în schimb a dat volumul mai tare la televizor pentru a auzi ce spunea reporterul la știri.

„Cadavrul unei femei a eșuat pe malul lacului Ontario în această dimineață.”

Lui Benjamin i s-au ridicat firele de păr de pe braţe. „Doamne, sper că nu e mama lui Katie.”

În faţa ușii de la intrare, ziarul a ajuns pe verandă. Abe l-a ridicat și a văzut o fotografie a lui Katie și Jennifer Walker pe prima pagină, sub titlul „Mamă și fiică dispărute”. A rulat ziarul și l-a aruncat în coșul de gunoi.

„Vino și ia-l”, a strigat El, și s-au așezat cu toţii la micul dejun.

CAPITOLUL 36

SGT. MILLER

O întâlnire la secție a fost programată cu RCMP. Au fost chemați după ce Wheeler a fost identificat. Trebuia să-i pună în temă cu privire la locul în care se afla Katie. Vor păstra informația secretă.

Între timp, un nou cadavru a fost găsit pe malul lacului Ontario. Se pare că avea urme în sus și în jos pe brațe.

Înainte de sosirea RCMP, Miller l-a sunat pe Abe, să vadă ce face Katie.

„A avut coșmaruri. A spart un geam, s-a rănit un pic. El a reușit totul și copilul nu a fost rănit grav".

„Oh, îmi pare rău să aud asta", a spus Miller. „Este dificil pentru un copil să doarmă într-un pat străin, într-o casă străină."

„Acum, tot ce vrea este să meargă acasă. Îi lipsește ceva ce ea numește ursulețul ei de pluș".

„Îmi pare rău Abe, nu se pune problema."

„Dar ea nu poate să doarmă."

Miller a ridicat vocea; și-a închis ușa. „Abe, nu trebuie să te duci acolo sub nicio formă. Dacă te vede un reporter și te urmărește până acasă?"

„Te-am auzit."

„Păstrați un profil scăzut, cu toții. Voi ține legătura și nu uitați, avem o crimă nerezolvată. Și nu știm unde este mama lui Katie." A ezitat. „Katie ar putea fi singura noastră pistă. Și știu că pare puțin probabil, dar copiii sunt perspicace. Câteodată dau de lucruri, lucruri care ne-ar putea ajuta să o găsim pe mama ei, să o salvăm pe mama ei, înainte să fie prea târziu."

„Deci, crezi că doamna Walker trebuie să fi fost implicată în traficul de droguri de când ea și Wheeler erau, uh, împreună?"

„În acest stadiu, nu știu răspunsul, dar nu există niciun semn de intrare prin efracție."

„Katie i-a spus lui Benjamin, că Wheeler a fost cel care i-a dăruit o păpușă scumpă, deci, el a fost la casă de mai multe ori. Cealaltă parte ironică este că e posibil să fi cumpărat păpușa de la noi."

„Serios? Te-ai uitat în registre, să vezi dacă există vreo înregistrare a unei comenzi? Ar putea fi o pistă. Ar putea fi ceva."

„Nu am făcut-o, și știi ce, până acum, când ți-am spus, nici nu m-am gândit să-mi verific registrele. Ca să nu mai spun că, din moment ce păpușa este o replică a copilului, unul dintre noi de aici, dacă a comandat de la noi, trebuie să fi văzut o fotografie a lui Katie. Eu nu-mi amintesc să o fi văzut, dar știi tu, memoria -

și îmbătrânirea. Este unul dintre primele lucruri care dispar." Abe a râs.

Miller a spus: „Da, înțeleg, dar vă rog să verificați și să-mi spuneți ce găsiți. Orice. Metoda de plată. Data la care a fost comandat."

„Oferim aceste păpuși doar în perioada premergătoare Crăciunului, așa că ar trebui să fie destul de ușor de depistat dacă a comandat-o de la noi."

„Vezi dacă poți afla alte informații de la Katie. Orice idee despre unde ar fi putut pleca mama ei. Destinații de vacanță. Rude. Prieteni. Absolut orice."

„Ar fi mai bine dacă ați trimite pe cineva? Un expert în interogarea copiilor?" a întrebat Abe. „De asemenea, dacă tot trimiteți pe cineva, de ce să nu-l trimiteți să ridice stuffy-ul?"

„Va trebui să discut asta cu superiorii mei. Ar putea fi, ca un pas următor. Deocamdată, ea te știe pe tine, pe Benjamin și pe El. Supravegheați-o, fără să o anunțați. Pune-i întrebări, dacă îți dă voie, fără să-i erodezi încrederea pe care o are în tine. În acest moment, ești tot ce are. S-ar putea să fi fost martoră la ceva care v-ar putea pune pe toți în pericol."

„Cum am spus, a avut coșmaruri."

„Corect. Trauma ar putea provoca coșmaruri, somnambulism. Rămânerea într-un mediu necunoscut este o adaptare în condiții normale. Acestea sunt departe de a fi normale." Miller a ezitat. „Dacă mă gândesc bine, îl voi ruga pe unul dintre ofițerii mei să treacă pe aici cu un kit ADN. Ofițerul va recolta o simplă probă din saliva lui Katie. Dacă ea vrea să vorbească despre ceva. Adică cuiva din afara casei voastre, atunci, ofițerul meu îi va da ocazia."

„Ce idee inteligentă și mulțumesc că m-ai anunțat", a spus Abe. „Cred că atunci când copilul a fost lăsat singur în parc, este posibil să fi suferit abandon. Totuși, nu ar trebui să cauzeze daune permanente, nu-i așa?"

„Depinde de dispoziția ei, nu pot spune Abe. Ar fi util să verifici dacă ai vreo informație în dosarele tale."

„O voi face."

„Voi ține legătura."

„Mulțumesc."

CAPITOLUL 37

PIERDUT ȘI GĂSIT

Era o după-amiază însorită, fără niciun nor pe cer – o zi perfectă pentru pescuit.

James și Andrea Richards se aflau pe lacul Ontario în barca lor, când ea a observat ceva plutind pe apă. A scos un binoclu și s-a uitat mai atent. Obiectul sărea și se mișca, dar arăta ca o geantă de mână de femeie.

„Jur pe Dumnezeu, există o geantă acolo", i-a spus ea soțului, înmânându-i binoclul. „Poate că cineva a fost ucis chiar aici, pe lac". A tremurat deși îi era cald și și-a înfășurat brațele în jurul ei.

James a avut o privire. „Ai citit mult prea multe romane Agatha Christie."

Ea a râs.

„Dar hai să ieșim și să aruncăm o privire mai atentă, oricum, ca să te liniștești. La urma urmei, peștii nu mușcă astăzi."

„Mulțumesc, iubire", a spus ea.

James a îndreptat barca în direcția obiectului plutitor, iar câteva minute mai târziu soția sa a folosit plasa de pescuit pentru a strânge o geantă de mână. Când a scos-o din plasă, a observat că era încă închisă. Întrebându-se dacă conținutul era uscat, ea a deschis-o.

„Așteaptă!", a exclamat el.

Prea târziu, pentru că ea a scos portofelul. Tot ce era înăuntru era uscat. Deși acum, când se gândea la asta, și-a dat seama că a încălcat tot ceea ce știa de la televizor și din cărți perturbând conținutul.

Nu contează, era deja făcut. A deschis portofelul și a găsit un permis de conducere, câteva cărți de credit, o fotografie a unui bebeluș, un tub de pastă de dinți și o periuță de dinți (mărimea de călătorie), un telefon cu bateria descărcată și niște lipici de unghii.

„Cred că ar fi mai bine să sunăm la poliție", a spus ea.

„Aveți bani?" a întrebat James.

„Fără bani", a spus ea în timp ce forma 911.

După ce au spus poliției ce au găsit, li s-a spus că un ofițer se va întâlni cu ei la mal. Cuplul a plutit câteva momente în derivă în tăcere, în timp ce pescărușii țipau deasupra capetelor lor și prindeau peștii care săreau în jurul lor.

„Sigur, acum sunt înfometați!" spuse James, în timp ce porni motorul și se îndreptă spre bord.

CAPITOLUL 38

MORGUE

Mai târziu, după ce a primit un telefon de la Patterson, Miller s-a dus la morgă.

„Am confirmat că necunoscuta nu are mai mult de douăzeci și patru de ani și este consumatoare înrăită de droguri pe termen lung. Cu astfel de urme, e dependentă de mult timp. Ea este, de asemenea, Primiparous."

„Câți ani ar fi avut copilul, dacă ar fi trăit?"

„Șapte, poate opt."

„Vârsta se potrivește", a spus Miller. „Ceva ieșit din comun în descoperirile tale?"

„Drogul ei preferat a fost cocaina. La momentul decesului, nu consumase în ultimele 24 de ore. Era o consumatoare înrăită - acumulări metabolice mari de benzoylecgonină de-a lungul timpului, dar nimic recent."

„Crezi că încerca să renunțe la obicei?"

„Foarte puțin probabil, cu excepția cazului în care ea a fost rezervat într-un top de dezintoxicare."

„Ce risipă. Ar fi bine să mă duc la birou. Anunţă-mă dacă mai afli ceva", a spus Miller, îndreptându-se spre uşă.

„Aşa voi face."

Telefonul lui Miller a sunat.

„Încotro?", a întrebat el. „Bine. Pot să-l aduc chiar eu. Nicio problemă. Sunt pe drum. O să intru imediat ce o iau. Mulţumesc."

Miller s-a întâlnit cu familia Richards, care i-a înmânat geanta.

„Ce se întâmplă dacă nimeni nu o revendică?" a întrebat Andrea.

„O vom păstra ca probă până când cineva o va face", a spus Miller. „Vă mulţumim că aţi predat-o."

CAPITOLUL 39

BENJAMIN ȘI ABE

Miller i-a trimis un mesaj lui Abe, spunându-i numele ofițerului care urma să vină să o vadă pe Katie și să ia o mostră din ADN-ul ei. Abe a sunat acasă și l-a pus pe Benjamin la curent cu detaliile.

„Numele ei este ofițer Lane și va ajunge în orice moment."

„Nici urmă de ea încă", a spus Benjamin.

„Când ajunge, roagă-l pe El să-i dea o ceașcă de ceai și așteaptă-mă să ajung acolo." În fundal a auzit soneria de la ușă.

„Prea târziu, e deja aici și El e ocupată cu clienții."

„Spune-i să închidă magazinul și să vină imediat."

„Bine."

„Terminat", a spus Abe.

Benjamin i-a trimis mesaj lui El să închidă magazinul și să vină imediat acasă. El a deschis ușa.

„Numele meu este ofițer Lane", a spus ea.

El a sosit întrebând: „Care este urgența?"

Benjamin și-a întins mâna.

„Am venit să o văd pe Katie", a spus Lane. „Și pentru a lua o mostră de ADN".

El și-a întins mâna. Ea l-a invitat pe ofițerul Lane în sufragerie.

„Acesta este ofițerul Lane, Katie."

„Katie, poți să-mi spui Lacey. Am aici pe cineva care spune că i-a fost dor de tine." Ea a scos un ursuleț de pluș zdrențuit.

Ochii copilei s-au luminat, în timp ce își accepta plușul. „Edward", a strigat ea. Apoi, ofițerului Lacey i-a spus: „Mulțumesc". Ursulețului i-a spus: „Mi-a fost atât de dor de tine". L-a ținut cu fața la ureche și a spus: „Da". Urmată de, „Serios?"

Ofițerul Lane a zâmbit. „Edward este un nume frumos. Mă bucur să vă văd reuniți. Acum aș vrea să vorbesc cu tine, ca să ne ajuți să o găsim pe mămica ta."

„S-a pierdut?" a întrebat Katie cu o îmbufnare.

„Nu suntem siguri", a spus Lacey, "dar am avea nevoie de ajutorul tău."

„Ce vreți să fac?"

Ofițerul Lane și-a băgat mâna în geantă și a scos trusa ADN. Ea a scos un vârf de tac și a deschis un recipient pentru a-l pune înăuntru. „Aș vrea să vă pun asta în gură și să iau ceea ce noi numim un tampon."

„Am auzit să se folosească doar în urechi", a râs Katie.

„Exact ceea ce ar spune fetița mea", a spus Lane zâmbind.

„Care este numele ei?"

„Numele ei este Jemma, dar noi îi spunem Jem."

„Ce nume frumos, ca o bijuterie", a radiat Katie.

Ofițerul a zâmbit. „Este moale, așa că nu te va durea. Îl voi introduce în gura ta, apoi îl voi pune în acest recipient și îl vom trimite la laborator."

„Dacă ți-e frică Katie", a spus Benjamin, "ofiţer Lane, poți să mă tamponezi pe mine mai întâi, ca să vezi cum e."

„Nu sunt speriată", a spus Katie.

Ofițerul a luat proba, apoi a scris numele lui Katie pe etichetă. A aplicat-o pe recipient. „Când este ziua ta de naștere? Și câți ani ai?"

„Este 1 septembrie și am șapte ani și jumătate".

După ce ofițerul a terminat testul, i-a întrebat pe ceilalți dacă poate discuta singură cu Katie.

„Nu trebuie", a spus Benjamin. „Dacă nu vrei".

„Are dreptate, Katie. Nu trebuie să o faci", a spus Lane. „Vrei să ne ajuți, să-ți găsești mama, nu-i așa? Adică dacă ai putea ajuta, ai vrea, nu-i așa?"

Katie s-a uitat la El.

„Ce chestie să ceri", a spus El. „Desigur, vrea să ajute, dar e doar un copil."

Katie a dat din cap ofițerului Lane și a condus-o în camera ei, unde i-a arătat păpușa și a început să vorbească despre ea.

„Mark, domnul Wheeler mi-a cumpărat această păpușă, de Crăciun, ca o surpriză. Mereu venea pe la mine și îmi aducea surprize."

„Era drăguț?"

„Da", a spus Katie.

„Mai vrei să-mi spui ceva?"

„El și mămica mea erau fericiți uneori." S-a uitat în altă parte. „Alteori țipau, iar el pleca."

„A plâns mămica ta? Când a plecat el?"

„Da, până când am ieșit la un milkshake."

„Îți plac milkshake-urile?"

„Da, cu căpșuni e preferatul meu."

„Atunci ce s-ar fi întâmplat?" a întrebat Lane.

„Îi trimitea cadouri lui mami și uneori mie."

„Foarte drăguț din partea lui", a spus Lane, jucându-se cu părul păpușii și apoi cu părul lui Katie.

„Nu se simt la fel", a spus Katie. „Al meu este mai moale".

„Ai dreptate."

„Asta pentru că El folosește un balsam special pe părul meu și îl perie cu cincizeci de mișcări în fiecare seară înainte să mă culc. A spus că adulții au nevoie de o sută de atingeri, iar copiii de cincizeci." Katie a chicotit.

Ofițerul Lane s-a uitat la fereastra tapetată: „Ce s-a întâmplat aici?"

„El a spus că am fost somnambulă. Nu-mi amintesc."

„Ai mai mers în somn înainte?"

„Nu cred", a răspuns Katie. „El mi-a pus bandaje. E o asistentă calificată. Mămica mea a vrut să fie profesoară, dar..."

„Ce a oprit-o?"

„Eu, să mă nasc", a spus Katie. Și-a pus păpușa înapoi pe pat și a întrebat: „Mai e ceva? Să mă ajute să o găsesc pe mămica mea?"

„Mă întrebam, dacă ai vreo mătușă sau unchi, bunici, prieteni, la care mama ta ar fi putut să meargă să stea? Dar tatăl tău?"

„Mami are o soră, dar nu am întâlnit-o niciodată. Mami e mai mare. Nu mi-am cunoscut niciodată bunicii. Nu l-am cunoscut niciodată pe tata."

„Unde locuiește sora mamei tale? Deci, am putea să o sunăm?"

„Nu știu."

„Ai locuit vreodată în altă parte?" A întrebat Lacey.

„Nu." Katie s-a uitat la picioarele ei. „Îmi pare rău că nu sunt de mare ajutor."

Ofițerul Lane a bătut-o pe cap. „Nu știu, uneori știm mai multe decât credem că știm. Continuă să gândești."

„Mulțumesc din nou pentru stuffy-ul meu."

„Cu plăcere."

Ofițerul Lane s-a îndreptat spre laborator cu proba și a pus-o pe lista priorităților ridicate. După o scurtă conversație, a reușit să o pună pe primul loc. S-a întors la secție.

✳✳✳

Miller a primit un telefon de la ofițerul Lane.

„Așa cum am cerut, am dus mostra de ADN a lui Katie Walker direct la laborator. Au făcut o comparație cu femeia de la morgă - sunt identice."

„Nu sunt nerăbdătoare să împărtășesc această veste. Este cel mai rău rezultat."

„Dacă ai nevoie de mine, voi veni cu tine pentru sprijin."

„Mulțumesc pentru ofertă, dar acesta este un moment în care consilierul nostru din cadrul personalului va fi extrem de util. Nu am avut motive să o folosim des deoarece lucrează în afara sediului. Eu nu am avut prea multe contacte cu consilierul Briggs, tu?"

„Nici măcar nu am întâlnit-o pe femeie", a spus ofițerul Lane.

„Cred că voi fi primul care va lucra cu ea din stația noastră."

„Orice s-ar întâmpla, sergent, ea ar trebui să fie bine pregătită să se descurce."

„Sper că da. Mulțumesc, și ne vedem la secție." El a deconectat realizând că nu avea numărul lui Eleanor Briggs în telefon. A sunat din nou la secție și i-a cerut ofițerului de la recepție să îi găsească numărul. A introdus informația în telefon și a sunat-o pe Briggs și a pus-o la curent cu situația.

„Pot fi gata imediat ce aveți nevoie de mine", i-a indicat Briggs.

„Bine, o să trec să te iau în aproximativ cincisprezece minute", a spus Miller, făcând o întoarcere în U. Nu se putea abține să nu se gândească la Katie. Vestea asta i-ar fi frânt inima.

Cu reticență, a format numărul lui Abe și l-a pus la curent cu situația.

∗∗∗

Benjamin se simțea claustrofobic și își dorea ca magazinul să se poată deschide. Ar fi fost o distracție binevenită. I-a trimis mesaj lui Abe, „Unde ești?"

Abe era aproape acasă când a primit mesajul, apoi a primit un apel de la sergentul Miller.

„Am vești triste despre mama lui Katie. Trupul ei a fost găsit lângă Viaduct."

„Sinucidere?"

„Nu a fost exclusă."

„Bine. Vești incredibil de triste, într-adevăr. Săraca Katie. Să-i spun acum? Mă duc înăuntru."

„Nu. Un consilier și cu mine venim să-i spunem lui Katie. Tu, Benjamin și El veți fi prezenți? Ea va avea nevoie de sprijinul vostru."

„Uh, da. Ce deznodământ trist. Bineînțeles, vom fi cu toții acolo."

Ajungând acasă, a intrat în camera familiei și a văzut-o pe Katie cuibărită lângă o jucărie de pluș. „Cine e asta acum?", a întrebat el.

„E Ursul Edward, jucăria mea de pluș."

„Aș vrea să mă uit mai de aproape, dacă poți să fugi în camera mea și să-mi aduci ochelarii.”

Katie s-a furișat afară și pe hol. El le-a făcut semn lui Benjamin și El să se apropie și le-a spus vestea tristă.

$$* * *$$

Săraca Katie", a spus El, cu lacrimi în ochi.

Benjamin nu a spus nimic.

„Sergentul Miller va veni cu un consilier pentru a-i spune lui Katie. Ei ar dori ca noi să fim aici pentru a o sprijini. Consilierul va gestiona situația, ea este instruită să ajute copiii în situații traumatice."

„Katie va avea inima frântă, săraca de ea. Ce se va alege de ea?"

„Și după ce îi vor spune, ce se va întâmpla?" a spus Benjamin, cu umerii prăbușiți. Corpul i s-a prăbușit pe sine, de parcă tocmai primise un pumn în stomac. „Au de gând să o ia, să o trimită să locuiască cu părinți adoptivi - adică, cu străini?"

„Ea este fericită aici", a spus El.

„Cu excepția incidentului de la fereastră și a coșmarurilor", a spus Abe.

„Nu va mai depinde de noi, după ce va ști că mama ei a plecat. S-ar putea să aibă rude", a spus El.

„Dacă nu, va intra în sistemul de plasament. Ea nu poate intra în sistem", a spus Benjamin.

„Ea a fost cu noi de câteva zile, sergentul Miller se va asigura că Katie este prioritatea, iar el ne cunoaște.”

„O iubim pe Katie”, a spus El.

Katie a ajuns în cameră cu ochelarii lui Abe. El s-a aplecat pentru ca ea să i-i poată pune pe față.

„Mulțumesc, micuțo”, a spus el, în timp ce o mângâia pe cap.

Abe, El și Benjamin au format un cerc cu Katie în mijloc. Au ridicat-o și au învârtit-o în jurul ei. Ea a chicotit, și-a aruncat capul pe spate și și-a imaginat că zboară.

CAPITOLUL 40

VEȘTI PROASTE

O bătaie în ușă le-a întrerupt veselia. Au așezat-o pe Katie pe podea, apoi Benjamin și El au stat în spatele ei. Fiecare avea o mână pe umărul ei. Abe s-a dus să răspundă la ușă și s-a întors câteva momente mai târziu cu sergentul Miller și consilierul.

Benjamin și-a strâns strânsoarea pe umărul lui Katie.

„Mă cunoașteți cu toții", a spus sergentul Miller. „În afară de tine, Katie, sunt un vechi prieten al lui Julius". Iar aceasta este consilierul Briggs. Lucrează cu mine la secția de poliție."

Abe a strâns mâna bărbătească a lui Briggs, în timp ce Katie, El și Benjamin au rămas unde erau.

„Aveți o casă frumoasă", a spus Briggs în direcția lui El.

Briggs era aproape la fel de înaltă ca Miller și, cu niște umeri ca ai ei, arăta de parcă ar fi putut juca linebacker la Packers. Părul ei de căpșuni arăta de parcă și-ar fi băgat degetul într-o priză și apoi ar fi aplicat fixativ. Iar fața ei, în loc să fie rotundă sau ovală, era pătrată datorită bretonului, părului și lipsei de gât. Nasul îi era descentrat, așa că nu era niciodată sigur dacă ochii ei verzi încrucișați se uitau la el sau la cel cu care vorbea. Briggs înainta spre Katie, care se ascundea în spatele lui Benjamin și El.

Miller a spus: „Katie, consilierul Briggs, Eleanor, ar vrea să-ți spună ceva. Este important.”

Katie a rămas unde era până când Benjamin și El au luat-o de mână.

„Îi voi spune eu”, a spus El, în timp ce ea și Benjamin o conduceau spre scaun. Când au fost față în față, El a spus: „Katie dragă, mămica ta a plecat în ceruri.”

Briggs a intervenit. „Mama ta a murit, Katie.”

El a luat-o pe Katie în brațe.

„Katie”, a spus Briggs, aplecându-se să o atingă pe spate. „Înțelegi? Despre mama ta? Vrei să mă întrebi ceva? E în regulă dacă vrei să plângi.”

Katie fără să spună nimic, s-a mutat în cealaltă parte a camerei, unde și-a întins brațele și a început să se întoarcă. Arăta de parcă se prefăcea că este o moară de vânt.

„Nu e moartă”, a cântat ea pe o melodie mult prea cunoscută - Frere Jacques.

Benjamin, cu lacrimi curgându-i pe obraji, a luat-o în brațe.

În tot acest timp, Katie striga: „Nu e moartă! Nu e moartă!”, în timp ce își lovea pumnii mici și strânși de pieptul lui.

Benjamin a lăsat-o să-și descarce toată durerea, folosindu-l pe el drept sac de box. Când s-a golit de orice emoție și a fost epuizată, s-a lăsat moale în brațele lui ca o păpușă de cârpă. A dus-o în camera ei, a băgat-o în pat. Ea a închis ochii. Lacrimile i se prelingeau din când în când, el i le-a șters și ținând-o de mână a privit-o cum adoarme.

Pe hol, Briggs se întoarse spre El: „Katie este acum sub tutela tribunalului. Ei vor decide ce este mai bine pentru ea."

„Tocmai și-a pierdut mama", a spus El, strângându-și pumnii atât de tare încât unghiile i-au străpuns pielea. „Ce fel de femeie ești tu?"

„Whoa. Ea doar își face treaba, El", a spus sergentul Miller.

„Veți avea nevoie de un ordin judecătoresc, pentru a o scoate din casa mea", a spus Abe.

Sgt. Miller s-a uitat la vechiul său prieten. „Stai puțin Abe. Nu avem nicio intenție să intrăm în camera ei și să o smulgem din pat. Abia și-a pierdut mama și nu i-am face asta nici ei, nici vreunui copil, nici acum, nici niciodată. În plus, te cunoaște și îi este mai bine într-un loc familiar, cu oameni în care are încredere și pe care îi cunoaște."

„Ea face parte din familia noastră acum", a spus El.

„Da, dar nu este copilul tău", a spus Briggs. „În plus, există legi și protocoale care trebuie respectate."

„Ești o femeie rece", a spus El ridicându-se în fața lui Briggs.

Miller i-a despărțit. „O să am o discuție cu ea", i-a spus lui El. Apoi către Briggs: „Putem vorbi despre asta afară."

Briggs și-a pus mâinile în șolduri. „Sigur, putem continua discuția asta afară."

A făcut un pas spre ușă, apoi le-a spus lui El și Abe: „Deci, sunteți conștienți de procedură. După ce voi depune actele, un judecător va decide care va fi următorul pas. Procedura normală este ca copilul să fie predat. De obicei, în următoarea perioadă de douăzeci și patru până la patruzeci și opt de ore. În caz contrar, se va primi o amendă pentru obstrucționare, punere în pericol și, eventual, chiar închisoare. Totul depinde de judecătorul desemnat pentru cazul lui Katie." Le-a întors spatele și s-a îndreptat spre ieșire.

„Numele ei este Katie", a strigat El după ea.

Miller și-a cerut scuze abundent în timp ce îl urma pe Briggs pe ușă.

CAPITOLUL 41

MILLER ȘI BRIGGS

Miller a deschis ușa mașinii sale de patrulare. Odată ajuns înăuntru, a trântit-o închisă. După ce a respirat adânc câteva secunde, a deblocat portiera pasagerului pentru a o lăsa pe Briggs să intre în vehicul. În timp ce ea își prindea centura de siguranță, el și-a trântit pumnii strânși pe volan. „Nu trebuia să fii atât de dur cu ei."

„Au devenit prea atașați, de un copil care nu este al lor. Un copil care aparține familiei, nu străinilor întâmplători. Are nevoie mai mult ca oricând să fie cu rude de sânge, nu cu rude aspirante."

„Și dacă nu există rude de sânge?"

Briggs a scuturat din cap. „Dacă nu căutăm, nu vom ști niciodată. Este datoria noastră față de copil, să le căutăm. Să nu lăsăm nicio piatră neîntoarsă. Să ne asigurăm că primește cea mai bună îngrijire din partea unor oameni care o vor ajuta să-și gestioneze durerea."

„Ei o iubesc, au făcut-o parte din familia lor și îi cunosc de ani de zile."

„Știu, dar e ceva. Ceva nu este în regulă. Nu pot pune degetul pe ea, dar e acolo."

În timp ce ieșea cu spatele de pe alee, Miller a mai tras adânc aer în piept. „Dar dacă nu erau ei, ea ar fi putut fi răpită sau ucisă. Ei au salvat-o, au salvat-o. Dumnezeu știe ce s-ar fi întâmplat cu ea dacă ar fi fost lăsată singură la malul mării toată noaptea. Știți cum e zona după lăsarea întunericului. Drogați și prostituate. Copilul a fost al naibii de norocos că familia Julius a găsit-o, a luat-o și a tratat-o ca pe propriul copil."

„Înțeleg unde vreți să ajungeți, sergent Miller, dar chiar și dumneavoastră trebuie să realizați că prioritatea aici trebuie să fie copilul. Iar eu trebuie să-mi urmez instinctele."

Era atât de furios încât nu putea să vorbească, așa că, în schimb, și-a înfipt unghiile în pielea protectoare a volanului, în timp ce ea a continuat să bolborosească.

„Ești în poliție de ani de zile, iar reputația ta este remarcabilă. Și totuși, lași propriile emoții să se joace cu tine. Din câte am auzit, ai permis poliției să plătească factura căutării unui copil despre care știai unde se află de câteva zile? Ați pretins chiar presei că încă o căutam nu doar pe mama ei, ci și pe Katie. După cum știi foarte bine, în ambele cazuri, acțiunile tale au fost împotriva procedurilor."

Miller și-a înfipt și mai mult unghiile în protecția volanului. Și-a ținut respirația și s-a concentrat pe drum. Dacă nu o făcea, avea să devină extrem de furios și... nu voia să-și piardă controlul în momentul în care ea îi acționa întrerupătorul. Încerca să-l facă să-și piardă calmul punându-i la îndoială integritatea. El era superiorul ei, din toate punctele de vedere, și totuși, iată-o pe ea trăncănind ca...

„Oh, am înțeles", a spus ea. „Sunt prietenii tăi și nu pot avea un copil, așa că iată copilul tuturor pe care nu-l vrea nimeni."

Miller a frânat brusc când semaforul a trecut de la chihlimbar la roșu. „Cu cine crezi că vorbești?", a întrebat el. „În primul rând, nimeni, așa cum spui tu, „nu plătește factura". De fapt, am urmat protocolul și am raportat la D.P.C. despre faptul că Katie stă cu Abe și soția lui. Mi-a spus să monitorizez situația, ceea ce am și făcut. Iar când s-a implicat RCMP, i-am anunțat unde se află. Eu urmez protocolul."

Ea a clătinat din cap. „Îmi pare rău, nu e nimic personal. Acesta este motivul pentru care sistemul există, pentru a-i proteja pe cei care nu se pot proteja singuri."

El îi recunoscu ultima afirmație cu un semn din cap, știind că este adevărat. Era logic să o lase pe Katie acolo unde se afla, dar Briggs avea dreptate în legătură cu un lucru, regulile erau reguli. Faptele erau astfel: cuplul era în vârstă, iar acest lucru ar putea influența instanțele.

„Aceasta este jurisdicția mea", a spus Miller. „Nu-mi fluturați în față regulamentul. Eu am urmat regulile, în timp ce tu erai încă împins în cărucior."

Briggs a râs.

A continuat, acum mai calm. „Sistemul are defectele lui, copilul, Katie nu s-a pierdut în sistem. A fost dată în grija familiei Julius, care sunt piloni în comunitatea noastră."

Briggs a tăcut pentru o vreme. „Dată este cuvântul la care obiectez. Un copil nu este un cățeluș care poate fi predat. Un judecător trebuie să se uite la fapte și să decidă acest caz. Judecătorul va vedea lucrurile în alb și negru. Ei nu vor fi influențați de emoții".

„Aș garanta pentru Abe și El. La naiba, dacă aș muri, nu m-aș putea gândi la un cuplu mai bun care să aibă grijă de copiii mei - asta dacă ar mai fi copii. Ai mei au crescut cu toții."

„Nu este vorba despre tine, sergent Miller. Aceasta nu este lupta ta."

Miller rămase tăcut. Avea dreptate în legătură cu încă un lucru: nu era lupta lui. Totuși, îl cunoștea pe Abe și familia lui.

Miller a lăsat-o pe Briggs la mașina ei parcată și s-a îndreptat spre secție. Ea îl făcea atât de furios, de furios. Ceea ce ura cel mai mult era cât de mult avea ea dreptate. Pe de o parte, celor mai mulți judecători nu le-ar fi păsat de Abe și El și de vârsta lor.

Pe de altă parte, nu ar da doi bani pe așa-zisele instincte ale consilierului Briggs. Mai ales dacă el intra acolo și pleda mai întâi cauza lui Julius. Se gândi că lui Briggs îi va lua cel puţin treizeci de minute să se întoarcă la birou. Mai mult sau mai puţin, în funcţie de trafic. Între timp, îşi stabilise un plan de acţiune.

Înapoi în birou, Miller a dat clic pe baza de date şi a citit raportul ofiţerului Lane. A tastat un addendum actualizat:

Data, ora. Sergentul Alex Miller şi consilierul Eleanor Briggs s-au întâlnit la casa familiei Julius, unde Katie Walker stă de când mama ei a dispărut la Data, Ora. Cu Abe, soţia lui, El şi fiul lor adoptiv - a tastat peste adoptiv - adăugat adoptat.

S-a oprit, nefiind sigur dacă băiatul era încă înfiat sau adoptat. A scris din nou fiu adoptiv, în timp ce Katie era informată de moartea mamei sale.

În opinia mea, copilul ar trebui să rămână cu familia Julius. Îi cunoaşte şi a acumulat încredere. Relocarea ei, în această perioadă de durere, într-un mediu necunoscut, cu oameni pe care nu îi cunoaşte, ar fi o schimbare crudă şi inutilă şi ar putea avea repercusiuni asupra şanselor fetiţei de a supravieţui pierderii mamei sale.

S-a oprit din tastatură şi a recitit. Simţea nevoia să se adreseze intuiţiei lui Briggs. Adevărul era că singura persoană care o supărase pe copil fusese chiar Briggs.

A făcut clic pe dosarul închis.

Miller a dat un telefon unui prieten de-al său, judecătorul Anders, care a sugerat să fie stabilită o audiere preliminară. Anders a fost de acord că nu exista niciun motiv pentru a dezrădăcina copilul.

„Cereți-i petiționarului să vină la tribunal peste o oră", a spus Anders. „Și putem pune lucrurile în mișcare".

„Mulțumesc", a răspuns Miller. A închis și l-a sunat pe Abe și i-a explicat urgența venirii sale la tribunal. „Ne întâlnim la intrare, cât de repede poți. Îl vom vedea împreună pe judecătorul Anders' în biroul său și vom rezolva hârtiile." A ezitat, apoi a continuat. „Am apelat la o favoare care sper că va fi suficientă pentru a-ți permite să o ții pe Katie cu tine", a spus Miller. „Deci, să nu întârzii."

„Pe drum", a spus Abe și a comandat un taxi. Imediat ce a urcat în vehicul, chiar înainte să apuce să-și pună centura de siguranță, l-a instruit pe șofer să-l ducă cât mai repede la tribunal.

„Dacă primesc o amendă, tu trebuie să plătești factura", a spus șoferul.

„Nu vă spun să încălcați legea, ci doar să călcați pe ea și să evitați cele mai aglomerate rute".

„Sigur că da", a răspuns șoferul.

✳✳✳

Întoarsă în biroul ei, Eleanor Briggs a răsfoit on-line dosarele copilului pe nume Katie Walker. Bingo, a găsit un raport recent scris de ofițerul Lacey Lane. În el, Lane spunea că Katie avea coșmaruri și era somnambulă. Cu o ocazie, chiar s-a automutilat. El Julius s-a ocupat de ea fără să cheme o ambulanță, pretinzând că este o asistentă calificată.

La documentul original, ea a scris următorul addendum:

Data, ora. Consilierul Eleanor Briggs și sergentul Alex Miller au fost prezenți acasă la Julius, unde Katie Walker a fost informată de moartea mamei sale. De asemenea, au fost prezenți Abe, El și Benjamin Julius.

Katie stătea cu ei de la dispariția mamei sale, pe data de. Copila a primit vestea atât de bine pe cât se putea primi în aceste circumstanțe.

Cu toate acestea, El Julius a devenit ostil când Briggs a încercat să comunice direct cu copilul. După ce a citit raportul ofițerului Lane, opinia acestui consilier este că respectivele coșmaruri ar fi putut fi rezultatul direct al excesului de maternitate al doamnei Julius. Acest lucru este îngrijorător, deoarece mama lui Katie, până astăzi - a fost considerată a fi în viață. Prin urmare, recomand ca Katie Walker să fie retrasă imediat din casa familiei Julius. Preferabil să fie mutată într-o casă cu o rudă de sânge.

S-a oprit din tastatură și a reflectat o clipă. Oare citirea acestei informații ar fi putut lămuri sentimentul pe care îl avea? A decis că nu. Totuși, acum avea mai multe informații care i-ar fi întărit cazul.

Briggs era sigură că majoritatea judecătorilor îi vor urma recomandările și o vor lua pe micuța Katie Walker în grija provinciei.

A apăsat pe SEND.

CAPITOLUL 42

BRIGGS RATEAZĂ OPORTUNITATEA

O prietenă care lucra în biroul judecătorului Anders îi datora lui Eleanor Briggs o favoare. A sunat-o și a pus-o la curent cu situația. „Fiu de cățea", a exclamat Briggs. Anders nu era genul de judecător cu care puteai suna și negocia. Față în față era singura cale cu el. A ieșit în fugă din clădire, a coborât la mașină și s-a îndreptat spre tribunal.

Lui Briggs nu-i venea să creadă că Miller ar fi ajuns la un judecător, cu atât mai puțin la unul cu care nu se văzuse niciodată în ochi. Deși, la o privire mai atentă, nu credea că Miller ar fi știut că se certaseră. Dar, din nou, în secție se vorbea. Oamenii vorbeau. Bârfeau ca în orice altă carieră. Era prea mult pentru o coincidență.

Miller trebuia să fi știut. A virat după un colț, scârțâind cauciucurile când semaforul a devenit galben.

Și-a bătut pumnii pe volan. Încă nu-i venea să creadă că judecătorul Anders era cel care ținea această audiere preliminară. Era cunoscut pentru îngăduința sa și îi plăceau poveștile care îl trăgeau de inimă. Era un judecător bun, corect și drept, dar își purta inima pe mânecă - unii credeau că aceasta era cea mai bună calitate a sa ca judecător. Pentru Briggs, respectarea regulilor ca la carte era singura modalitate de a lucra. Dacă Anders ar fi știut despre coșmaruri și despre faptul că doamna Julius pretindea că este asistentă medicală, totul s-ar fi schimbat.

Briggs ajunse în biroul judecătorului, chiar când Miller și Abe ieșeau.

„E prea târziu", a spus Miller. „Judecătorul Anders a aprobat cererea noastră ca Katie să rămână cu familia Julius timp de o lună. Va reveni asupra cazului când se va încheia termenul."

Briggs își făcu loc printre cei doi bărbați și intră în cabinetul lui Anders, închizând ușa în urma ei.

„Nu o să aprecieze că i s-a dat o a doua șansă", a spus Miller în timp ce el și Abe ieșeau din clădire.

CAPITOLUL 43

ABE ȘI MILLER

Miller a fost mulțumit de rezultat în timp ce o conducea pe Abe acasă. Singurul lucru care ar putea schimba lucrurile pentru Katie în următoarea lună ar fi dacă o rudă s-ar prezenta. Altfel, copilul va rămâne în grija lor pe termen nelimitat.

Abe a rămas tăcut până când mașina s-a oprit la el acasă. „Ce se va întâmpla dacă, Briggs va reuși și Katie va fi trimisă să locuiască cu niște străini cu totul și cu totul?"

„Am câștigat o hotărâre în favoarea noastră, să nu ne facem griji pentru asta acum."

„Dar eu îmi fac griji. Sunt sigur că Benjamin și El vor fi și ei îngrijorați. Ar trebui să-i spunem copilului că va sta cu noi doar o lună? Să o pregătim?"

„O lună pentru o fetiță ca Katie este o perioadă lungă de timp", a spus Miller. „Și este încă în doliu pentru mama ei."

„Va fi un drum dificil înainte, dar vă mulţumesc", a spus Abe ieşind din maşină. A făcut cu mâna în timp ce sergentul Miller s-a îndepărtat.

CAPITOLUL 44

KATIE

Când Katie s-a trezit, se uita în sus la tavan. Micile petale de trandafir arătau și mai drăguțe astăzi, cu soarele strălucind în ele. Se uita la petalele roșii, dansând în aer, rostogolindu-se și zburând ca într-un film.

El dormea adânc lângă ea, iar Benjamin dormea pe scaun. Își amintea că se întâmplase ceva minunat și apoi ceva nu atât de minunat.

A închis ochii și a încercat să-și amintească atât binele, cât și răul. S-a gândit la bărbatul în uniformă de polițist și la femeia înfricoșătoare. A tresărit amintindu-și că femeia o apucase.

Apoi și-a amintit. Femeia rea i-a spus că mămica ei a murit, dar nu era așa. S-a tânguit.

Benjamin și El au strâns copilul în brațe.

„Nu e moartă", a spus ea cu ochii înlăcrimați.

„O să fie bine", a spus El, luptându-se cu lacrimile.

„Suntem chiar aici pentru tine", a liniștit-o Benjamin.

Benjamin știa că nu-i poate lua durerea, era a ei și numai a ei. El însuși experimentase aceeași durere a pierderii. Așa a știut că o poate ajuta împărtășindu-i durerea, așa cum făcuse Abe pentru el cu mult, mult, mult timp în urmă. Atunci își turnase durerea în Abe, acum îi permitea lui Katie să își verse durerea în el.

CAPITOLUL 45

KATIE

Când Abe a intrat, i-a găsit pe Benjamin și pe El în camera lui Katie.

„Trebuie să vorbesc cu tine, El", a șoptit el.

Ea a ieșit, lăsându-i pe Benjamin și Katie în urmă, cu ușa întredeschisă.

Abe și-a luat soția de mână și a condus-o pe hol.

„O iau de lângă noi?", a întrebat ea.

„Vino cu mine în bucătărie când vom putea vorbi cum se cuvine".

Benjamin se trezise ascultase, până când s-au îndepărtat în bucătărie.

„Nu, am avut o victorie astăzi, ea poate rămâne cu noi pentru cel puțin încă o lună, și posibil pe termen nelimitat."

„Mă bucur că nu trebuie să fie mutată. Nu este în stare să fie dusă să locuiască cu niște străini. Nu aș putea suporta".

„Este doar temporar, dar datorită avocaturii sergentului Miller, este o victorie."

„Trebuie să-i spunem lui Benjamin."

S-au dus în camera lui Katie. Ea dormea, Benjamin, pe de altă parte, nu era de găsit nicăieri. Revenind în camera lui Katie, El a mângâiat capul fetiței. A dat cuvertura înapoi: era păpușa, nu Katie. „O, nu!", a exclamat ea.

Cuplul în vârstă a căutat în fiecare cameră din casă, apoi au mers în grădină. Nici urmă de Katie sau Benjamin.

„Unde s-ar fi putut duce?" a întrebat El.

„Nu știu", a spus Abe.

„Era atât de tulburată. Abia o liniștisem înainte să ceri să vorbești cu mine." Ea a oftat. „Poate că Benjamin a crezut că o vor lua și așa, a luat-o înainte ca ei să poată. Când m-ai chemat afară din cameră... Trebuie să se fi gândit." A plâns în mâinile ei.

„Nu se poate să fi mers prea departe."

CAPITOLUL 46

BENJAMIN ȘI KATIE

A luat copilul adormit în brațe și s-a urcat în taxiul pe care îl comandase.

„Sora mea a adormit, înainte să o pot duce acasă", a explicat el.

Șoferul a ridicat din umeri.

Benjamin a mângâiat părul lui Katie în timp ce aceasta dormea. Singura cale de a o ține în siguranță fusese să o ia cu el. Erau pericole peste tot. Pericole de care numai el o putea proteja.

Patruzeci și cinci de minute mai târziu, în cealaltă parte a orașului. „Ne poți lăsa aici", a spus Benjamin.

„Cu siguranță are un somn adânc", a spus șoferul. A coborât și a deschis portiera. Benjamin i-a pus câteva bancnote în mână.

Bărbatul de la ușă a deschis-o, iar el a luat cheia. În lift, Katie s-a agitat pentru o clipă, apoi a adormit din nou.

Ajungând la etajul șapte, el a deschis ușa și a culcat-o cu grijă pe pat. A închis draperiile, a pus o pătură peste ea și s-a așezat pe un scaun lângă pat. A ațipit.

„Ce s-a întâmplat? Unde sunt eu?" a întrebat Katie, frecându-și ochii și încercând să se ridice din pat. Neputând face acest lucru, ea a rămas pe pernă. Trecuseră câteva ore, iar ea se afla într-un loc necunoscut. Un loc care mirosea a zahăr ars și a pâine prăjită arsă.

Benjamin așteptase ca Katie să-și revină înainte să vorbească cu ea. Pe măsură ce medicamentele pe care i le dăduse își făcuseră efectul, putea să vorbească cu ea. Să-i explice lucrurile. Să o țină calmă.

Nu voia ca ea să țipe. Cineva ar putea s-o audă dacă țipă. Atunci ar fi trebuit să o rănească. Nu voia să o rănească.

CAPITOLUL 47

ABE ȘI EL

„Cred că ar fi mai bine să-l sunăm pe sergentul Miller și să-l anunțăm.”
a spus Abe.

El l-a oprit. „De ce? Totul va fi bine. El o va aduce înapoi. Nu va fi plecat departe

nu fără păpușa ei.”

„Am un presentiment rău în legătură cu asta.”

Abe a spus. „Îl sun pe sergentul Miller.” S-a ridicat și s-a dus la telefon. L-a ridicat și a început să formeze.

„Ai dreptate

Abe.” Ea s-a apropiat de el în timp ce soțul ei a pus telefonul jos și s-a întors cu spatele să plece. „Noi trebuie să fim cei care au raportat. Ambii copii au dispărut.”

L-a urmat îndeaproape pe soțul ei. „Aceasta este responsabilitatea noastră. Trebuie să găsim copiii
și repede.”

„Și nu vom
nu trebuie să intrăm în panică”.

„Poate."

A spus el

Abe a apucat-o de braț. A tras-o înapoi înăuntru în camera de zi.

A privit în tăcere cum soțul ei se plimba și devenea mai agitat cu fiecare clipă care trecea.

CAPITOLUL 48

KATIE

Pe un scaun de lângă pat stătea Benjamin. Arăta ca Benjamin și apoi nu mai arăta. Era încețoșat și departe.

Unde era El? Unde era Abe?

S-a uitat la tavan, nu erau petale de trandafir dansând în camera asta. Camera a început să se învârtă, în timp ce stomacul i se ridica la gât.

Benjamin era lângă ea, ținând o găleată cu gheață în care ea vomita. Când ea a terminat, el s-a dus în baie și a aruncat conținutul găleții în toaletă. A trecut apă rece pe o lavetă și s-a întors să o pună pe fruntea copilului.

„Mai bine acum?", a întrebat el în timp ce telefonul său vibra. Abe îl suna. A închis telefonul, i-a scos bateria. L-a pus pe jos și l-a călcat în picioare, apoi a aruncat resturile în coșul de gunoi.

Katie l-a privit în tăcere până când el s-a întors. „Da, mulțumesc", a spus ea. El s-a așezat la capătul patului, uitându-se la ea. „Unde suntem noi? Unde este mămica mea? O vreau pe mămica mea! Și unde sunt Abe și El? Îl vreau pe El."

Benjamin s-a întors și s-a ridicat în picioare. „A trebuit să plece. Așa cum și mămica ta a trebuit să plece." A traversat camera și s-a așezat pe un scaun. Și-a tras picioarele în sus, astfel încât să stea în stil yoga, apoi a închis ochii ca și cum plănuia să mediteze.

Katie a plâns.

El a deschis ochii. „Acum suntem tu și cu mine, tu și cu mine, puștiule." A închis din nou ochii și și-a acoperit fața.

Katie a început să geamă: „O vreau pe mămica mea. O vreau pe mămica mea!"

Benjamin s-a mișcat pe podea spre ea.

Ea s-a îndepărtat de el, înfășurându-și brațele în jurul ei.

CAPITOLUL 49

EL ȘI ABE

El devenea din ce în ce mai nerăbdătoare cu lipsa de acțiune a lui Abe.

„Trebuie să facem ceva, acum", a spus ea. „Timpul trece și se poate întâmpla orice. Îmi doresc să nu te fi împiedicat să-l suni pe Alex. Mi-aș fi dorit..."

A întins mâna după telefon.

„Nu", a spus Abe, apucând-o de braț. „Nu face asta."

CAPITOLUL 50

O SENZAȚIE

Sergentul Miller avea un dosar pe birou când s-a întors la el. A răsfoit un raport care confirma că numele femeii moarte era Margaret (Maggie) Monahan. S-a oprit și s-a așezat pe scaun. Așteaptă. Mama lui Katie era Jennifer Walker. Dar raportul ADN se potrivea cu cel al lui Katie.

S-a aplecat în față și a continuat să citească despre Margaret Monahan. În timp ce degetul său alerga pe biografia ei, a confirmat o legătură: o soră. Margaret Monahan era numele de căsătorie al surorii lui Jennifer Walker.

A continuat să citească, descoperind că ambii părinți au murit înainte de nașterea lui Katie. Deci, ea nu-și cunoscuse niciodată bunicii.

S-a gândit la reacția lui Katie la aflarea veștii. Cum refuzase categoric să creadă - și avusese dreptate.

Miller a ieșit furtunos din biroul său, având nevoie să meargă undeva, dar neștiind încă de ce. Numele lui Abe îi apăru în minte. De ce? L-a sunat. Nu i-a răspuns.

Totuși, ceva îl sâcâia. S-a dus la mașină, a pornit sirena care a despărțit traficul din toate părțile în timp ce se îndrepta spre casa lui Abe.

Când a intrat pe alee, a observat imediat că ușa de la intrare era larg deschisă. Magazinul alăturat avea un semn ÎNCHIS pe fereastră.

Miller a intrat, strigând: „E cineva acasă? Sunt Alex Miller. Abe? El?"

Casa era ordonată și liniștită. Niciun sunet de la televizor sau radio. Dar, într-adevăr, ceva nu era în regulă, presimțirea lui fusese corectă. Și-a scos arma și a dat colțul care ducea în sufragerie.

Era un cadavru pe podea: cadavrul lui El Julius.

CAPITOLUL 51

ABE

După ce a încercat să-l sune pe Benjamin - fără răspuns - Abe a ieșit în stradă și a oprit un taxi.

„Du-mă la gară", a cerut el, scotocind în portofel. În graba lui, uitase să aducă bani în plus. Îi va primi la gară.

„Sigur", a spus șoferul, apoi a dat drumul la radio.

Abe încercă să-l sune din nou pe Benjamin, fără succes. Oare băiatul ar fi atât de idiot, încât să-l ducă pe copil în locul lor secret?

CAPITOLUL 52

KATIE ȘI BENJAMIN

Benjamin și-a pus brațul în jurul umărului lui Katie și s-au așezat unul lângă altul pe pat, fără să vorbească. Ea s-a cuibărit în el.

„Benji", a spus ea, înfășurându-și brațele în jurul taliei lui.

El a sărutat-o pe creștetul capului. A fredonat, un cântec de leagăn, până când ea a adormit din nou. El și-a acoperit urechile. Ura sunetul minifrigiderului care bâzâia. A scos ștecherul din perete.

CAPITOLUL 53

MILLER ȘI EL

„Iisuse, El", a spus Miller, îngenunchind pentru a-i simți pulsul. Era acolo, slab, dar acolo. I-a legănat capul în braț și ea a deschis ochii.

„Cine ți-a făcut asta?"

„Abe", a șoptit ea.

Miller s-a aplecat mai aproape, el nu auzise corect. Oare?

„Abe. A fost Abe", a spus ea, cu ochii dați pe spate în timp ce cu mâna liberă tasta 911 în telefon.

După ce ambulanța a plecat cu sirena urlând, sergentul Miller a încercat să îi găsească pe Abe, Benjamin și Katie. Unde erau ei? Plecaseră cu toții undeva împreună, lăsându-l pe El în starea asta?

În timp ce Miller căuta peste tot, fără ca nimic să aibă vreun sens, i-a sunat telefonul. Spera ca cineva să știe ceva. Și El urma să fie bine. Trebuia să fie.

„Îmi pare rău, sergent, dar a intrat în stop cardiac", a spus șoferul ambulanței. „Nu am putut să o salvăm."

„Oh, nu", a spus Miller, deconectându-se.

Trebuia să se gândească la asta. Trebuia să își limpezească mintea. Trebuia să o găsească pe Katie Walker și să-i spună că avea dreptate. Mama ei chiar nu era moartă, dar El era. Cum avea de gând să le dea vestea?

Miller a sunat la secție și a cerut să fie trimisă o echipă pentru a depista orice apel primit.

„Cât mai curând posibil - adică ieri", a spus el.

Câteva clipe mai târziu, o echipă era în drum spre casa lui Julius.

CAPITOLUL 54

BENJAMIN ȘI KATIE

Legănând capul lui Katie, Benjamin se legăna înainte și înapoi, înainte și înapoi. Se prefăcea că sunt într-un balansoar, deși nu erau într-unul. În schimb, erau în locul secret. Locul secret unde mergeau toți copiii uitați.

Ceilalți copii alergau și se jucau, în timp ce Katie dormea. Benjamin le-a făcut cu mâna, apoi și-a dus degetele la buze.

„Shhhh", a șoptit el.

S-a jucat cu părul ei, gândindu-se la cum îi va explica decizia pe care o luase. Nu era prima dată când ducea pe cineva în locul secret: locul din interiorul tabloului Floarea-soarelui al lui Van Gogh.

Dar Katie era cea mai tânără, așa că a trebuit să aleagă fiecare cuvânt cu grijă, cu atenție. Își dădea seama că atunci când se va trezi prima dată, va fi speriată. Acesta era și motivul pentru care îi dăduse mai mult somnifer, în timp ce se hotăra ce să facă. Spera ca tranziția ei să fie calmă și simplă. Din moment ce şi ea era orfană acum. Vor fi împreună, cu ceilalţi copii. Nimeni nu trebuia să fie singur, nu aici, în această lume nouă.

Îşi aminti prima dată când se trezise în lumea lui Van Gogh. Abe nu bănuise niciodată că fusese în afara trupului său în timp ce bătrânul îi făcea lucruri josnice.

Iar acum nu avea să ştie niciodată. Pentru că el, Katie şi ceilalţi erau ascunşi în siguranţă într-o lume nouă în care adulţii nu aveau voie să meargă.

CAPITOLUL 55

ABE

Ajuns la gară, Abe s-a uitat la orar. A cumpărat un bilet, apoi și-a sincronizat ceasul cu ora estimată de sosire. Avea o vreme de așteptat. Să aștepte și să se îngrijoreze. A traversat peronul, s-a așezat pe o bancă goală și a început să-și analizeze grijile una câte una. Această metodă de a aborda fiecare problemă fusese o strategie valoroasă pentru el în trecut.

Mai întâi, a făcut o listă mentală începând cu El, Benjamin și terminând cu Katie. Era o listă scurtă; una pe care o putea rezolva cu ușurință și rapid.

Incidentul cu El a fost nefericit. Ea a reacționat exagerat, ceea ce l-a făcut și pe el să facă la fel. Dacă l-ar fi lăsat doar pe el să se ocupe de lucruri.

Așa făcuse în trecut, evitând astfel o confruntare. El nu o lovise tare. A fost doar o lovitură de dragoste. Ea își va reveni și va ierta totul, așa cum a făcut întotdeauna. A sunat acasă să vadă ce mai face.

„Alo", a lătrat o voce, o voce de bărbat, în timp ce Abe se îndrepta spre bancomat. Apoi, după ce a scos niște bani, a verificat pe ce peron urma să sosească trenul său și s-a îndreptat spre el.

Abe nu a vorbit, pentru că a fost uluit de tăcere când a recunoscut vocea lui Alex Miller la celălalt capăt al firului. Ce făcea el acolo? Îl sunase El? Intenționa ea să depună plângere împotriva lui? Nu ar fi făcut-o niciodată în trecut, pentru că întotdeauna se rezolvau între ei doi.

„Abe, tu ești? El e mort. Abe? Abe?"

Abe nu putea să creadă. El nu putea fi mort. A dat drumul la telefon și acesta a lovit pavajul. L-a auzit pe Alex strigându-i numele și a ridicat telefonul. Slavă Domnului că încă funcționa.

„Ea ce e? Nu, nu poate fi!"

În spatele lui, echipa de ofițeri a lui Miller urmărea locul în care se afla Abe, încercând să-i facă telefonul să se sincronizeze și să-i transmită locația. Ofițerul folosea semnale cu mâna pentru a indica că au nevoie de mai mult timp.

Miller a declarat că. „A primit o lovitură puternică la cap, am chemat ambulanța, dar nu a ajuns la spital. Unde sunt copiii? Nici Katie, nici Benjamin nu sunt în casă. Tu unde ești?"

Abe se îndreptă spre scări, dorind să se îndrepte spre casă. Trebuia să se țină de plan. Să-i găsească pe Benjamin și Katie.

Ofițerul i-a indicat din nou lui Miller să prelungească apelul, ținându-l pe el la telefon.

„Ușa ta din față era larg deschisă când am ajuns aici. Am fost îngrijorat pentru tine, Abe. Suntem prieteni de atât de mult timp, încât am avut o presimțire. Ca și cum ai fi avut nevoie de mine sau ceva de genul ăsta." Miller se uită peste el, îi localizau locația.

El a continuat. „Mă gândeam la momentul în care tu și cu mine i-am luat pe cei doi băieți ai mei pe barcă și am pescuit puțin? Îți amintești? Parcă a trecut atât de mult timp de atunci, ar trebui să o facem din nou. I-am putea lua pe Benjamin și Katie de data asta. Le-ar plăcea. Nu crezi?"

A spus Abe. „Nu pot să cred despre El. Cum poate fi moartă? Cine i-ar face rău vreodată lui El?" El s-a oprit, apoi a întrebat: „Ea, a spus ceva?

„Nu, Abe, era inconștientă când am ajuns. Sunt în poliție de atât de mult timp, iar noi suntem prieteni de atât de mult timp, cred că suntem conectați. Cum am spus, când am ajuns ușa era larg deschisă."

Abe a inspirat.

„Ești bine? Unde ești? O să vin să te iau; o să vrei să o vezi și îi putem găsi pe cei doi copii, trebuie să știe."

Un fluier de tren a sunat, urmat de un sunet de chugging.

„Trebuie să plec acum", a spus Abe. Vechiul său prieten divaga - nu era ceva ce ar fi făcut în circumstanțe normale. El spusese ceva. Acum încercau să-i găsească locația. A aruncat telefonul în coșul de gunoi.

„Așteaptă Abe!" a strigat Miller, care s-a uitat la ofițer.

„Avem locația lui, la o gară din partea de est. Tocmai am verificat și trenul de pe peron a plecat, dar el este încă pe peron."

„Trimite-mi locația, mă duc acolo acum."

„Așa voi face", a spus ofițerul.

Când s-a urcat în mașină, a pus lumina intermitentă pe acoperiș. A pus sirenele să sune tare, ceea ce i-a permis să taie ca untul prin traficul aglomerat.

CAPITOLUL 56

ABE ȘI TRENUL

Acum, în tren, Abe stătea pe un scaun departe de ceilalți pasageri, ca să se poată gândi. El plecase. Era moartă. El o omorâse, dar fusese un accident. Nu a vrut să o rănească. Viața lui nu valora nimic fără ea în ea.

La prima stație, se uită la pasagerii de pe peron. Era enervant să-i vadă cum se plimbau ca niște roboți, cu toată atenția pe telefoanele lor. Dacă cineva trecea prin spatele lor, puteau să-l împingă pe șine. Ar fi murit înainte să-și dea seama ce s-a întâmplat. E trist la ce ajunsese lumea. Roboți ambulanți.

Acesta era motivul pentru care evitase să folosească un telefon mobil atâta timp. Abia când Benjamin l-a învățat care sunt avantajele de a-l avea la îndemână, a încercat. Când se întâlneau, pe neașteptate, își trimiteau mesaje. Mesajele lor erau codate, astfel încât nimeni altcineva să nu știe despre ce vorbeau. Era interesant, distractiv.

Gândindu-se la moartea lui El, Abe a inventat o poveste în mintea lui. Era una pe care i-ar fi spus-o sergentului Miller data viitoare când l-ar fi văzut. Ar fi început prin a-i spune vechiului său prieten, cum Benjamin se temea că o vor lua pe Katie în îngrijire. Benjamin care fusese abuzat în sistemul de plasament. Cum adolescentul sărac și tulburat îl împinsese din greșeală pe El. El căzuse la podea. Cum el însuși a verificat și El era lucid, apoi, cu acordul lui El, a fugit din casă pentru a-l găsi pe Benjamin, care o luase pe Katie după ce îl rănise pe El și fugise.

Da, după tot ce făcuse pentru băiat, avea să-l convingă să accepte povestea. Avea metodele lui de a-l convinge pe băiat să facă tot ce voia el să facă.

Cineva s-a mutat pe scaunul din spatele lui: o femeie, după mirosul parfumului ei. S-a uitat în jur, da, o femeie tânără. Poate douăzeci și cinci de ani. Se ducea la serviciu sau la o petrecere, s-a gândit el, îmbrăcată la patru ace. A privit-o scoțând un măr din geantă și a tresărit când a mușcat o dată, apoi alte câteva. Mesteca cu gura deschisă. Un pic de suc de mere s-a împrăștiat pe gâtul lui. L-a șters. Dezgustător și enervant. Ea a ronțăit și a mestecat. Mesteca și mesteca. Aștepta următoarea ronțăială, aștepta cu umerii încordați, dar nu a venit niciodată. S-a uitat înapoi să vadă de ce și a descoperit că femeia se sufoca.

„Ştie cineva manevra Heimlich?" a strigat Abe, dar el și femeia erau singurii din trăsură.

Și-a închis gura, realizând că strigătul său atrăsese atenția asupra situației și pentru o fracțiune de secundă, poate mai mult, și-a dorit să o fi lăsat pe femeie să se sufoce.

În timp ce ceilalți pasageri se îndreptau spre ei, el a lovit-o puternic pe femeie pe spate, iar ea a scuipat mărul pe podea.

CAPITOLUL 57

MILLER ÎN URMĂRIRE

Miller s-a strecurat prin trafic. A comandat un loc la intrarea în gară. Și-a lăsat luminile aprinse pentru ca controlorii să nu-l rețină. A alergat pe scări.

„Ești aproape acolo. Drept înainte. Chiar la stânga ta", a spus ofițerul de supraveghere.

„Singurul lucru de pe peron, în afară de mine, este un coș de gunoi", a spus Miller. A mers spre ea.

„Da, de acolo vine semnalul".

Sergentul Miller și-a pus mănușile și și-a băgat mâinile în coșul de gunoi. Dând la o parte o coajă de banană, a găsit ceea ce căuta: Telefonul lui Abe.

„Pot să vă ajut?", a întrebat un conductor.

„Da, cât timp a trecut de când a plecat ultimul tren de aici?"

„Acum cincisprezece minute, dar nu au ajuns prea departe."

Miller a făcut o dublă privire. „Cum așa?"

Conductorul a continuat. „Trenul s-a oprit pentru o urgență cu un pasager la bord. Ambulanța a preluat o femeie și este în drum spre spital. A fost victima unui măr care i s-a înfipt în gât. Ei spun că va fi bine, doar o verifică pentru a fi siguri în scopul asigurării."

„Care a fost destinația finală a trenului?" a întrebat Miller.

„Este un Express, deci o singură oprire la capătul liniei."

„Mulțumesc", a spus Miller. A coborât în grabă scările, s-a urcat în vehiculul său și a activat sirena.

CAPITOLUL 58

BE BUNUL SAMARITEAN

Nu mai era în tren, Abe o ținea de mână pe femeia pe care o salvase. Erau în spatele unei ambulanțe și în drum spre spital.

La scurt timp după ce ea a scuipat mărul, a sosit ambulanța. Tânăra enervantă a refuzat să urce în vehicul, dacă Abe nu mergea cu ea la spital.

„El este bunul meu samaritean", a spus femeia.

După ce paramedicii au împins-o pe femeie în spital pe o targă, Abe și-a văzut șansa de a scăpa. A chemat un taxi. În timp ce aștepta pe peron, a ieșit șoferul ambulanței.

„Vă mulțumesc că ați preluat controlul situației și i-ați salvat viața."

„Cu plăcere", a spus Abe prin fereastra deschisă. Apoi către șofer: „Lasă-mă la colțul dintre Magnolia și Oak".

Dubița albă s-a îndepărtat, în timp ce șoferul ambulanței a intrat în cabina vehiculului său. Un mesaj a fost transmis prin radio, cerând tuturor șoferilor să fie atenți la un bărbat care corespundea descrierii lui Abe.

CAPITOLUL 59

MILLER ȘI ABE

Telefonul lui Miller a sunat. „Tocmai a sunat un șofer de ambulanță. A spus că un bărbat care se potrivește descrierii lui Abe a plecat acum câteva minute cu o dubă albă. Da, de la spital. A spus că Abe a salvat viața unei femei în tren.”

„Seamănă mai mult cu Abe pe care îl știu eu. Șoferul a reușit să obțină numărul de înmatriculare?”

„Nu, dar l-a auzit pe domnul în vârstă cerând să fie dus la colțul dintre Magnolia și Oak.”

„Sunt aproape acolo acum”, spuse Miller, deconectându-se. Se întrebă ce se afla în apropiere - era o zonă rău famată, unde prostituatele împânzeau străzile chiar și în timpul zilei.

Câteva străzi mai târziu, o dubiță albă s-a oprit la semafor lângă Magnolia. Miller a coborât din vehicul și s-a apropiat de partea pasagerului. Abe nu era un pui de găină, dar nu voia să-și asume niciun risc că ar putea fugi. În vehicul nu se afla niciun pasager.

Abe a arătat buletinul, apoi l-a întrebat dacă a adus un pasager, un domn mai în vârstă, în această locație. Bărbatul a dat din cap. „Unde s-a dus?"

„A coborât, câteva străzi mai în spate. M-a plătit cu bani gheață, apoi a spus că va merge pe jos restul drumului."

„Atât de aproape", a spus Miller, în timp ce se întorcea la mașina sa, apoi s-a răzgândit și s-a mutat pe trotuar. S-a uitat în sus și în jos - niciun semn de Abe. A traversat strada și a făcut la fel și acolo și a văzut pe cineva ieșind dintr-un magazin cu o geantă. A trebuit să alerge câteva străzi pentru a-l ajunge din urmă - ignorând semafoarele - dar în cele din urmă l-a zărit.

Miller a privit cum vechiul său prieten urca treptele. Un recepționer i-a deschis ușa, înclinându-și pălăria.

Miller și-a arătat legitimația portarului, apoi a intrat. Ușile liftului se închideau și se îndreptau spre etajul șapte. S-a gândit să urce treptele, dar în schimb a așteptat ca liftul să coboare din nou. Intră și apăsă butonul și în câteva clipe se afla la etajul potrivit, unde avea patru uși din care să aleagă. Care era a lui Abe? Și ce făcea el într-un apartament din zona asta? S-a deplasat cu precauție de la o ușă la alta, ascultând cu urechea lipită de ușă orice sunet din interior.

Nu a auzit nimic până când a ajuns la ușa numărul patru.

CAPITOLUL 60

CAMERA

În interiorul camerei, Abe stătea nemișcat în timp ce încerca să-și recapete respirația. Își pierdea mințile? Pentru o secundă, crezuse că îl zărise pe Alex Miller acolo, afară. Era imposibil ca vechiul său prieten să-l fi urmărit - renunțase la telefon.

A deschis geanta, a scos din cutie noul său telefon și l-a pus la încărcat. Apoi a scos două pungi de bomboane - preferatele lui Benjamin. Le-a turnat într-un vas pe care l-a așezat pe noptieră.

Când s-a uitat prin cameră, a observat două pahare pe măsuța de cafea. Deci, erau acolo, sau fuseseră acolo. Și-a dat seama că îi era sete, și-a turnat un pahar cu apă rece.

L-a băut, apoi și-a turnat un al doilea pahar și l-a ținut pe frunte. Se simțea bine, așa că l-a ținut pe loc în timp ce se uita prin cameră.

În spatele lui, robinetul picura. Își amintea că se afla în pat după una dintre numeroasele lor ședințe și că Benjamin dormea lângă el. Chiar și atunci robinetul picura, picura, picura. Trebuia să se dea jos din pat, să-l strângă. Să se întoarcă în pat și din nou, picura, picura, picura. Sub chiuvetă a găsit o cheie și a rezolvat problema, dar acum se întorsese din nou. Trecuse ceva timp de când nu mai fuseseră împreună.

S-a așezat pe marginea patului. „Katie? Benjamin?" Niciun răspuns. A încercat din nou, ridicând plapuma pentru a se uita sub pat. „Te aud cum respiri." S-a îndreptat spre balcon: „Ieși afară, ieși afară, oriunde ai fi."

CAPITOLUL 61

CE?

Așteptați. s-a întrebat Miller, le-a spus Abe numele cu voce tare? Și-a împins urechea mai aproape. Acolo era din nou, bătrânul îi striga pe copii, de parcă jucau un joc de-a v-ați ascunselea. Miller s-a scărpinat în cap. Tonul folosit de Abe era jucăuș și familiar. Ca și cum ar mai fi făcut așa ceva.

În interiorul camerei a auzit pași, urmați de sunetul unei uși care se deschidea și apoi se închidea. Își ținea urechea lipită de ușă, în timp ce o toaletă trăgea apa, robinetul scârțâia, ușa se deschidea, iar pașii își făceau drum prin cameră, unde un pat scârțâia. Câteva clipe mai târziu, Miller a auzit sforăituri puternice. Soția lui Abe era moartă, iar el trăgea un pui de somn.

CAPITOLUL 62

VISUL

Abe a visat că s-a întors acasă și că era cu El. Într-un moment, zburau împreună pe cer. În altă clipă se îmbrățișau pe pat.

Ea i-a șoptit la ureche: „Abe".

„Abe", a șoptit Benjamin.

„Benjamin?", a spus el ridicându-se din pat. Nu a răspuns.

Abe s-a îndreptat spre dulap. Și-a amintit de Benjamin, cu ani în urmă, când venise pentru prima dată în casa lor. Îi era frică de toți și de toate și își găsise alinarea ascunzându-se într-un dulap.

„Știu că ești acolo", a spus el deschizând ușa. Cu siguranță, Benjamin era acolo. Foarte, foarte în spate, lipit de perete, stând cu picioarele încrucișate.

Abe a pipăit de-a lungul peretelui, căutând un întrerupător. Nu era niciunul.

„Ieși afară, Benjamin", l-a ademenit el. „Ți-am adus ciocolată și bomboane: preferatele tale." Totuși, băiatul nu s-a mișcat. Abe s-a retras unde se încărca telefonul cu cartelă. Aproape la jumătate. A descărcat aplicaţia lanternă. A încercat-o şi a funcţionat bine. A intrat în dulap cu telefonul luminându-i drumul.

Benjamin ţinea ceva în mână, o păpuşă zdrenţuită. Abe a localizat-o cu lanterna. Lucrul pe care îl ţinea nu era o păpuşă: era Katie.

S-a apropiat mai mult, mai mult. A întins mâna şi a atins obrazul băiatului, apoi pe cel al fetei - amândoi erau reci ca piatra. A scos un ţipăt de a trezi morţii.

CAPITOLUL 63

RUPTURĂ

Miller a dărâmat ușa cu piciorul încălțat. Acum înăuntru, și-a scos pistolul din toc în timp ce Abe ieșea din dulap. Ca un zombi, s-a clătinat pe podea, apoi a căzut mai întâi în genunchi, apoi, cu fața în jos, pe podea.

Miller avea încă arma îndreptată spre Abe, care plângea și se văita ca un om care își pierduse mințile. Miller s-a apropiat, încercând să înțeleagă ce spunea. La început, nu a putut să înțeleagă, apoi a auzit: „Mort. Mort. Mort."

S-a întors spre dulap și, cum ușa era deja deschisă, a pășit înăuntru. Era prea întuneric; nu putea vedea nimic. A ieșit afară, a folosit lanterna tactică de pe arma sa și a intrat din nou.

CAPITOLUL 64

CORPURI

Lanterna era prea puternică pentru un spațiu atât de restrâns. Razele au ricoșat și au creat umbre întunecate înainte să se concentreze asupra a ceea ce era acolo. Doi copii: Benjamin și Katie.

La început, a crezut că dorm. A trecut lumina peste ochii lor. Mai întâi băiatul, apoi fata. Acum era sigur. O văzuse de atâtea ori. Cei doi copii arătau ca niște cadavre așezate pe lespezi la morgă.

A atins fața lui Katie și a tresărit: era rece ca piatra. *Bietul copil. Murise fără să știe că avea dreptate în legătură cu mama ei.* Benjamin era și el rece.

Știa că nu trebuia să le mute. Nu trebuia să le tulbure locul de veci. Și totuși, chiar dacă știa mai bine. Chiar dacă își dădea seama că ar fi deranjat dovezile, tot a făcut-o.

Miller a trebuit mai întâi să le descâlcească. Brațele lui Benjamin erau în jurul lui Katie, ca și cum ar fi încercat să o protejeze. Capul ei se tolănea și se odihnea pe umărul lui. Părul ei, mirosind a miere, i-a frecat obrazul când a așezat-o pe pat. S-a întors la dulap, aruncându-i o privire lui Abe în timp ce mergea. Acesta era încă pe podea, privind înainte ca un zombi. Miller îl ridică pe Benjamin și îl depuse pe pat.

Uitându-se la Abe, scărpinându-se în cap, s-a gândit la proprii lui copii. Cum se putea întâmpla asta? Ce legătură avea cu moartea lui El? „Ce s-a întâmplat, omule?" i-a spus lui Abe.

Abe s-a ridicat în genunchi. Nu avea puterea să se ridice în picioare. Avea capul plecat și ochii holbați la podea.

Miller a strigat: „Ce naiba s-a întâmplat aici?"

Abe a plâns, apoi s-a aruncat pe covor. Și-a apăsat toată fața pe covor, de parcă simțirea țesăturii aspre pe pielea lui era reconfortantă pentru el.

Miller s-a apropiat, astfel încât cizmele lui atingeau capul lui Abe. A șoptit: „Katie a avut dreptate - mama ei trăiește."

„Ce?" Abe a răspuns.

„Nu mai contează acum", a spus Miller. „Ea e moartă. Amândouă sunt moarte."

De data asta Abe s-a lovit cu fruntea de podea.

Miller și-a turnat un pahar cu apă. L-a băut până la fund, dar i s-a ridicat din nou în timp ce robinetul picura în fundal. S-a gândit să-i ducă apă lui Abe. Nu a făcut-o.

„Ridică-te, Abe", i-a cerut Miller. Când s-a ridicat în picioare, Miller i-a scuturat umerii: „Explică-te, omule".

Abe a început să se smiorcăie și să plângă. S-a prăbușit în genunchi.

Miller s-a dus la dulap, a scos o pătură și a așternut-o pe umerii lui Abe. A încercat să nu se gândească la copii, concentrându-se în schimb pe lucrurile pe care trebuia să le facă. Trebuia să sune medicul legist și să pună lucrurile în mișcare pentru o anchetă. De ce ezita? Ce aștepta? Nu avea sens - nimic din toate astea. Copiii erau reci ca piatra - ca și cum ar fi fost morți de ceva vreme - când, potrivit lui El, nu puteau fi plecați de mult. Deci, ce se întâmplase? Cine era responsabil? El a telefonat, oferind puține explicații. „Doi copii decedați: cauză necunoscută", a spus el.

În timp ce aștepta să vorbească cu comandantul său, s-a uitat la cei doi copii de pe pat. Păreau speriați - ca și cum ar fi fost speriați de moarte. A clătinat din cap. Oamenii puteau muri din multe motive, dar nu de frică.

După ce a decuplat apelul, s-a întors la Abe. „În numele lui Dumnezeu, ce s-a întâmplat aici?" L-a ajutat pe Abe să se ridice, conducându-l spre chiuvetă pentru un pahar cu apă.

Abe a luat o înghițitură, apoi a spus: „Am nevoie de aer!" A traversat camera și a dat înapoi ușa care dădea spre balcon.

Miller stătea între arcurile ușii de la terasă; îi era teamă că vechiul său prieten ar putea sări.

De undeva din cameră, un copil plângea.

Abe și Miller s-au întors spre pat, știind foarte bine că sunetul nu venise de acolo. Ambii bărbați stăteau nemișcați, cu toate simțurile în alertă maximă, așteptând să audă din nou sunetul.

„Medic legist", a spus o voce de afară după ce au bătut la ușă.

„E deschis", a spus Miller în timp ce echipa, inclusiv criminaliștii, soseau.

Miller s-a uitat la Abe, care stătea fără expresie. Ochii lui albaștri păreau și mai albaștri ascunși în paloarea lui fantomatică.

„Ce avem aici?", a întrebat un membru al echipei de criminaliști.

„Doi copii morți", a răspuns Miller.

Echipa s-a apucat de treabă, securizând probele.

Miller și Abe stăteau unul lângă altul așteptând sunetul: sunetul unui copil care se văita.

CAPITOLUL 65

PICTURĂ

Abe s-a ridicat și a înaintat, înclinându-și capul ca și cum ar fi auzit ceva.

Miller nu auzea nimic. A deschis gura să îi spună ceva lui Abe, dar parcă era în transă. Și-a târșâit picioarele pe covor.

Abe a căzut în genunchi plângând cuvintele: „Îmi pare rău, Benjamin. Îmi pare atât de rău. Tot ce vreau este să fii aici. Te rog." Trupul i-a căzut în față, cu capul sprijinit pe covor.

Miller avea două gânduri. Una era să-l consoleze pe vechiul său prieten care avea halucinații. Cealaltă era să ajute echipa - erau aproape gata să pună cei doi copii în saci pentru cadavre.

În schimb, nu a făcut nimic, în timp ce Benjamin era băgat în sacul verde. A tremurat când al doilea sunet al fermoarului care o închidea pe Katie a tăiat tăcerea.

„Ridică-te", i-a ordonat o voce venită de nicăieri.

Abe a făcut-o, ridicându-se în picioare ca o păpușă adusă la viață de un păpușar.

„Du-te la tablou", i-a ordonat vocea.

Abe a urmat indicațiile ca un zombie, oprindu-se la gravura lui Van Gogh.

„Nu! Nu!" a țipat el, acoperindu-și capul cu mâinile.

Miller s-a mutat direct în spatele lui, ca să se poată uita mai de aproape la retipărire. Tot ce a văzut a fost o vază de floarea-soarelui - nu că s-ar fi așteptat să vadă altceva. Când Abe a început să vorbească din nou, Miller s-a îndepărtat.

Abe și-a luat mâinile de pe față și a plâns: „De ce? De ce? De ce? Spune-mi de ce?"

Echipa care căra trupurile copiilor a avansat spre ușă. Unul dintre ei a întrebat: „Cu cine vorbește bătrânul?"

Fără să răspundă, Miller i-a făcut semn să plece.

A răsunat o voce. O voce de băiat care părea goală, de parcă venea din interiorul unui tunel. „Tu știi de ce."

„Benjamin", a spus Abe. „Te iubesc."

Echipa cu sacii mortuari s-a oprit. Nu știau că vocea pe care o auzeau, era a lui Benjamin - băiatul al cărui cadavru se afla într-unul dintre sacii pe care îi cărau.

„Puneți sacii înapoi pe pat", a ordonat Miller. „Desfă-i fermoarul celui cu băiatul în el - ACUM."

Echipa a făcut așa cum a ordonat Miller. Benjamin era alb, cu ochii închiși. Încă mort. Miller se holba la chipul nemișcat al băiatului, când vocea lui a răsunat din nou.

„Știi ce mi-ai făcut. Tu știi."

„Te-am iubit. Încă te iubesc", răspunse Abe, întinzând mâna spre aerul gol.

„Pe cine a iubit? Cu cine vorbește, cu Van Gogh însuși?", a întrebat unul dintre membrii echipei.

„Shhh", a răspuns Miller.

„Ceea ce am făcut, a fost să iubim. Pentru că ne-am iubit unul pe celălalt", a mărturisit Abe.

Miller a clătinat din cap. Auzea el bine? Și-a strâns pumnii în timp ce micșora distanța dintre el și fostul său prieten.

Abe și-a ridicat privirea spre tavan, de parcă ar fi crezut că Benjamin îi vorbește din Rai.

„De ce a trebuit să te sinucizi și pe Katie? De ce?"

„Am făcut ceea ce trebuia să fac."

„Ca să mă pedepsești?"

„Da, pentru că te cunosc." Miller și-a strâns pumnii.

„Nu aș fi atins-o", a plâns Abe.

„Nu te cred."

Abe a rămas statuar în fața tabloului, cu ochii holbați spre cer.

Miller a rostit cuvintele către echipa din spatele lui: „Mă ocup eu de aici."

Au închis geanta lui Benjamin și i-au scos pe cei doi copii din cameră.

Miller s-a mișcat astfel încât Abe să fie chiar în fața lui.

Abe a continuat să privească spre cer. Timpul părea să se oprească.

Apoi un cuțit a ieșit din tablou și, dintr-o singură mișcare rapidă, i-a tăiat gâtul lui Abe.

Pentru câteva secunde, Abe a rămas în aceeași poziție. Singura mișcare era sângele care țâșnea din rană. Apoi gravitația a preluat controlul, iar el a căzut pe podea, capul dispărându-i sub învelitoarea patului.

CRASH. Tabloul Van Gogh cu floarea-soarelui înrămat a căzut pe podea. Frontispiciul de sticlă s-a spart, sfărâmându-se în mii de bucăți.

Miller a chemat echipa înapoi. Când au reintrat în cameră, podeaua era o mizerie însângerată. „Unde e capul lui?", a întrebat unul dintre ei.

Miller a vorbit ca și cum ar fi fost ceva obișnuit. „Este sub pat."

Unul a ridicat plapuma, celălalt s-a băgat dedesubt. L-au băgat pe Abe în sacul mortuar cu ochii larg deschiși. Se întâmplase atât de repede; nu avusese timp să clipească. Au închis sacul pentru cadavre.

„Nu puneți copiii lângă el", a spus Miller. Puneți-l în portbagaj, sau pe acoperiș, oriunde - dar nu lângă copiii ăia."

„Sigur, vom avea grijă de asta."

CAPITOLUL 66

SGT. MILLER

Miller a ieșit pe balcon să ia puțin aer proaspăt. Avea nevoie să se gândească la toate, pentru că nimic nu avea sens. În primul rând era moartea lui El. Să fi știut ea ce se întâmpla cu soțul ei și cu copilul adoptiv? El nu credea că ea ar fi putut ști. Nu El.

Benjamin și Katie arătau de parcă ar fi fost speriați de moarte - dar erau morți cu mult înainte ca Abe să ajungă în acest loc.

În ceea ce privește abuzul lui Abe asupra fiului său adoptiv, era un lucru întortocheat. Prea ciudat ca să se gândească la el. Nu voia să se gândească de câte ori Abe fusese oaspete în propria lui casă. La timpul pe care Abe îl petrecuse cu proprii lui copii.

Apoi era aspectul supranatural al celor întâmplate. Sgt. Miller nu credea în supranatural. Îl văzuse totuși și auzise vocile. Dar cum avea de gând să explice asta? N-ar fi fost în stare nici într-un milion de ani.

Lumea o luase razna.

Miller s-a întors înăuntru, trântind ușile balconului și încuindu-le. Un bărbat și o femeie erau acolo cu un aspirator și o mașină de curățat covoare.

Femeia l-a întrebat pe Miller, care a dat din cap, „Pot să încep eu?". Ea a pornit mașina de aspirat și, timp de câteva secunde, el a stat și a ascultat cum sticla era aspirată în recipientul metalic.

„Oprește-te!", a ordonat el, în timp ce se deplasa pe podea. S-a aplecat și a luat o singură floarea-soarelui de pe o bucată de sticlă.

Femeia s-a întors să aspire din nou, în timp ce Miller a ținut floarea-soarelui în fața ochilor.

Apoi a văzut-o - mișcare - în interiorul florii-soarelui. Vopsele, galben crom, galben lămâie, culori care se învârteau și se transformau ca într-un caleidoscop. A simțit cum covorul se mișcă sub el, când a scăpat floarea-soarelui, apoi totul s-a înnegrit, iar el a căzut pe podea.

CAPITOLUL 67

KATIE SE TREZEȘTE

„Benjamin", a spus Katie, «nu sunt menită să fiu aici». Ea era pe un leagăn, iar el o împingea din ce în ce mai sus, dar nu prea sus.

„Bineînțeles, ar trebui să fii aici", a spus Benjamin.

Copiii din jurul lor se jucau. Câțiva erau în cutia cu nisip. Alții făceau echilibristică. Mulți se întreceau în meciuri de baseball și fotbal. Câțiva jucau jocuri de societate precum șah, dame și bile.

„Ești binevenită aici", i-a spus lui Katie un băiat mai mic decât Benjamin.

Purta o salopetă din denim, fără cămașă pe dedesubt. Avea un bronz auriu care îi făcea părul blond și ochii albaștri dominanți pe chipul său atletic.

„Ești foarte binevenită aici, noua mea soră", a spus o fetiță, mai tânără decât Katie. Părul ei era în bucle, care săltau când alerga. Arăta drăguță, într-o rochie albastră cu dantelă pe margini, iar în picioare avea sandale albe.

„Dar eu nu sunt ca tine", a spus Katie. „Eu nu aparțin acestui loc. L-ai auzit pe sergentul Miller. A spus că mămica mea trăiește. Probabil că mă așteaptă la malul mării. Mi-a spus să nu mă mișc. Va fi îngrijorată pentru mine."

Benjamin a împins-o mai sus: „Vei fi în siguranță aici."

Tumbleweeds suflau prin parc. Parcul din interiorul tabloului zdrobit al lui Van Gogh, Floarea-soarelui. Locul în care toți copiii uitați au trăit și s-au jucat împreună pentru totdeauna.

Pentru că, deși fațada de sticlă s-a spart în această lume, ea a rămas intactă în alta. Ceasul de timp al fiecărui copil s-a inversat, înapoi.

Înapoi. La momentul în care și-au pierdut copilăria. Când au fost forțați să se maturizeze, prea repede.

În interiorul tabloului, copiii au rămas copii pentru totdeauna. În siguranța floarea-soarelui însorită a lui Van Gogh exista o promisiune. O promisiune că niciun copil nu va mai fi rănit, abuzat, speriat sau neglijat vreodată

CAPITOLUL 68

SGT. MILLER

La morgă, Miller alegea sicriele pentru El, Katie și Benjamin - și Abe. Dacă ar fi putut, l-ar fi lăsat pe bătrân să se ducă până în pânzele albe într-o cutie de carton, dar nu-i convenea. Așa că a trebuit să aleagă patru sicrie pentru patru cadavre. Cineva trebuia să o facă.

Miller a sperat că va reuși să închidă cazul ocupându-se de această sarcină. Totuși, Jennifer Walker, mama dispărută a lui Katie, îi stătea în minte. Era acolo, undeva - și fiica ei era moartă pentru că o lăsase singură la malul mării. O asemenea tragedie.

O asemenea pierdere. Totul putea fi prevenit. Un părinte trebuia să-și protejeze copilul - indiferent de situație.

Să se pună în pericol mai degrabă decât să i se facă rău copilului. Când a mers totul prost și de ce nu și-a dat seama?

Miller nu reușea să se liniștească. Nu putea avea liniște sufletească.

Și în stomac, ceva îl rodea. Îl mânca din interior spre exterior. S-a întors la casa familiei Julius, sperând să găsească răspunsuri. Proprietatea era încă izolată cu bandă adezivă și un ofițer staționa la ușa din față.

„E cineva înăuntru?" a întrebat Miller.

„Nu, sergent. Cred că au cam terminat pentru astăzi. Au căutat amprente și au scos tot ce voiau să păstreze ca probă." S-a uitat la ceas. „Plănuiam să mă întorc curând la secție. Tura mea este aproape de sfârșit."

„Mai vine cineva să supravegheze locul peste noapte?" A întrebat Miller.

„Nu prea cred."

„Du-te atunci", a spus Miller, «mă ocup eu de aici».

Ofițerul s-a urcat în mașină și a plecat. Miller l-a privit cum pleacă, apoi a intrat în casă.

Odată înăuntru, a lăsat sentimentul care îl rodea să-l conducă acolo unde trebuia să meargă. Pe hol, de-a lungul coridorului. La biroul lui Abe. A verificat biroul: încuiat. S-a dus în bucătărie și a luat un cuțit din sertar. L-a folosit ca să spargă biroul. Ceea ce căuta stătea acolo, aproape ca și cum îl aștepta: Registrul lui Abe.

Miller a răsfoit paginile până la Crăciun, căutând comenzi de păpuși. Existau mai multe comenzi de-a lungul anilor, inclusiv fotografii ale copiilor, adresele lor complete și fotografii ale copiilor cu păpușile lor potrivite.

Totuși, în grămadă nu se afla niciuna cu Katie, dar a putut confirma că persoana care a făcut comanda și care a ridicat păpușa a fost Mark Wheeler.

El a găsit șapte comenzi în total, de-a lungul anilor. O fotografie a copilului, alături de fotografia păpușii. Cea a lui Katie fusese ultima achiziție.

A mai stat în scaunul lui Abe câteva secunde, în timp ce răsfoia dosarele. Notabilă era o cerere de adopție a lui Benjamin. Se spunea că va prelua și proprietatea casei și a magazinului. Nimic nu fusese finalizat, deoarece El nu o semnase. A luat cererea împreună cu registrul și le-a dus afară din birou.

A intrat în camera lui Katie. Pentru o secundă, nu a putut să respire. Păpușa ei sosie era pe pat, așezată în picioare, privindu-l. Îl aștepta. Dacă acel lucru ar fi respirat, nu l-ar fi putut uimi mai tare. Neputând să se miște, simțurile i s-au intensificat.

Mai întâi, un șuierat. Fluturele. Perdele fluturând. Se întindeau spre păpușă ca niște tentacule de stofă.

A tremurat, s-a întors să plece, dar nu a putut. Și-a înfășurat brațele în jurul lui.

„Bine, bine", nu a spus nimănui. A luat păpușa și a scos-o din cameră și a dus-o în bucătărie. S-a uitat sub chiuvetă după o pungă suficient de mare pentru a o băga în ea. Nu a avut curajul să o pună într-o pungă de gunoi verde - semăna prea mult cu un sac pentru cadavre. În schimb, a găsit un sac de reciclare albastru transparent și a pus păpușa cu picioarele înainte.

A încuiat casa, s-a urcat în mașină și a traversat orașul. Ajungând la clădire, portarul l-a recunoscut, așa că nu a fost nevoit să își arate legitimația. Lucru bun, pentru că avea o păpușă într-o geantă mare transparentă.

„O să vă duc sus", a spus Matthew Barry, șeful de recepție. L-a condus în lift și a urcat la etajul șapte.

În liftul care urca, Miller își punea o mulțime de întrebări, cum ar fi ce făcea și de ce, dar nu primea niciun răspuns.

Tot ce știa cu siguranță era că, de când luase păpușa în mână, sentimentul care îi măcina intestinele se diminuase. Pe măsură ce se apropia de cameră, acesta dispărea în fundal.

Barry învârti cheia în încuietoare și WHAM, o sirenă urlă - făcându-l pe manager să simtă că îi explodează creierul. Bietul om a apăsat pe fiecare buton de pe perete - încercând să oprească sunetul violent. Când nimic nu a funcționat, și-a acoperit urechile, iar în cele din urmă s-a întors și a ieșit urlând din cameră.

Miller a fost și el afectat de sirene, dar nu la fel de mult ca managerul. A căzut pe pat, folosind pernele pentru a înăbuși sunetul și a sperat că se va opri curând. A închis ochii și a leșinat. Când și-a revenit, pernele erau pe podea și camera era liniștită.

A înghițit puțină apă, apoi s-a stropit puțin pe față. A observat că mocheta era nouă, mai moale de data asta. Apoi a mai văzut ceva: un nou tablou Van Gogh Sunflowers, închis într-o ramă aurie antică.

În timp ce robinetul picura, el a examinat tabloul. Nu a văzut nicio mișcare, apoi și-a amintit de păpușă. A văzut punga de plastic de pe podea de lângă pat: era goală.

Scărpinându-se în cap, s-a întors și s-a îndreptat spre ușă, iar când a pus mâna pe clanță, vocile copiilor au cântat serenade:

Mulțumesc pentru flori,
Mulțumesc pentru copaci,
Mulțumesc pentru cascade,
Mulțumesc pentru briză.
Acum suntem aici împreună.
Liberi de rău și durere
Mulțumesc, Sgt. Miller
Pentru că te-ai întors din nou.

Aceste cuvinte și melodia au continuat să se învârtă și să se învârtă în capul lui. Timp de zile, săptămâni, luni, ani.

EPILOG

Miller s-a pensionat, cu o ultimă cerere în timpul serviciului. A bătut la ușa lui Judy Smith.

„Sunt aici să-l văd pe Gerald", a spus el.

A urmat-o pe Judy pe scări: „Sergentul Miller este aici să te vadă".

Ea a rămas în pragul ușii, în timp ce Miller i-a strâns mâna lui Gerald și i-a înmânat o recomandare cetățenească.

„Ne-ai ajutat să rezolvăm un caz", a spus Miller. „Continuați munca excelentă."

„Pot să fac o poză cu voi doi?" a întrebat Judy.

Miller a dat din cap. El și Gerald au stat de vorbă în timp ce ea a coborât scările și a urcat din nou cu telefonul în mână.

„Spuneți cheese", a spus ea.

După câteva fotografii, Miller și-a luat rămas bun și s-a îndreptat spre casă. Spera să aibă o noapte liniștită alături de soția sa - ceea ce el nu știa era că ea îl aștepta cu o petrecere surpriză uriașă de pensionare.

Recunoștințe

Dragi cititori,

Vă mulțumesc că ați citit Everyone's Child, al cărui prim draft l-am scris în timpul National Novel Writing Month, în 2013.

După finalizarea primei versiuni, am făcut câteva modificări minore, apoi am trimis-o unor cititori beta pentru a vedea cum ar putea fi îmbunătățită - și dacă le-a plăcut. Patru din cinci cititori (care erau colegi autori) nu au plăcut-o pe Katie, nici pe Benjamin și au vrut să rescriu personajele pentru a semăna mai mult cu copiii lor etc. Le-am luat de la mine pentru a reflecta asupra lor în timp ce lucram la alte proiecte.

În cele din urmă, am decis să rămân la ideile mele. Alți autori își puteau scrie personajele așa cum doreau ei. Dacă toți ne-am scrie personajele în același mod, care ar fi rostul? Acestea erau personajele mele și ele mă aleseseră pe mine pentru a le spune poveștile. Trebuia să le spun poveștile în felul în care voiau ei să fie auzite. În această privință, eu și personajele mele eram sincronizați.

Ceea ce m-a făcut să caut un editor de dezvoltare și am găsit unul excelent, căruia îi voi fi mereu recunoscătoare pentru ajutorul și încurajările sale.

Dar Copilul tuturor nu era încă gata. Trebuia să fie citită de noi cititori beta și așa a și fost. Le-am pus întrebări de data aceasta și, în special, am fost îngrijorată de firimiturile de pâine. Lăsasem destule pe parcurs pentru a conduce cititorul la concluzia șocantă? Unul din cinci cititori a crezut că am dat prea multe de înțeles și mi-a cerut să reduc numărul firimiturilor de pâine. S-ar putea să fiți interesați să aflați că, inițial, a ghicit greșit, dar, recitind, și-a dat seama de mai multe dintre indiciile pe care i le-am dat.

Aș dori să profit de această ocazie pentru a le mulțumi cititorilor mei de probe, cititorilor beta și editorilor pentru devotamentul lor față de mine și față de acest proiect. Contribuția voastră a fost valoroasă - indiferent dacă v-am acceptat sugestiile sau nu. Pentru că m-ați ajutat să fac din Copilul tuturor cel mai bun lucru posibil. Poate că Stephen King ar fi putut/ar fi făcut mai mult. Dar eu nu sunt Stephen King!

Mulțumesc, de asemenea, familiei și prietenilor care au fost alături de mine prin întuneric.

Și, ca întotdeauna, lectură plăcută!

Cathy

Despre autor

Cathy McGough locuiește și scrie în Ontario, Canada, împreună cu soțul, fiul, pisica și câinele ei.

De asemenea, de

FICȚIUNE
SECRETUL LUI RIBBY
13 POVESTIRI SCURTE
+ CĂRȚI PENTRU COPII ȘI TINERI ADULȚI

9 781998 651061